O QUE ELA SUSSURRA

NOEMI JAFFE

O que ela sussurra

2ª reimpressão

Copyright © 2020 by Noemi Jaffe

Grafia atualizada segundo o Acordo Ortográfico da Língua Portuguesa de 1990,
que entrou em vigor no Brasil em 2009.

Os poemas de Óssip Mandelstam incluídos neste livro foram traduzidos por Letícia Mei.

Capa
Julia Masagão

Foto de capa
O mar entre nós, Laura Gorski, 2017, acrílica sobre página
de livro, 24 cm x 16,7 cm. Coleção da artista

Preparação
Márcia Copola

Revisão
Renata Lopes Del Nero
Clara Diament

Os personagens e as situações desta obra são reais apenas no universo da ficção;
não se referem a pessoas e fatos concretos, e não emitem opinião sobre eles.

Dados Internacionais de Catalogação na Publicação (CIP)
(Câmara Brasileira do Livro, SP, Brasil)

Jaffe, Noemi.
 O que ela sussurra / Noemi Jaffe. — 1ª ed. — São Paulo :
Companhia das Letras, 2020.

 ISBN 978-85-359-3324-6

 1. Ficção brasileira I. Título.

20-33496   CDD-B869.3

Índice para catálogo sistemático:
1. Ficção : Literatura brasileira B869.3

Cibele Maria Dias – Bibliotecária – CRB-8/9427

[2022]
Todos os direitos desta edição reservados à
EDITORA SCHWARCZ S.A.
Rua Bandeira Paulista, 702, cj. 32
04532-002 — São Paulo — SP
Telefone: (11) 3707-3500
www.companhiadasletras.com.br
www.blogdacompanhia.com.br
facebook.com/companhiadasletras
instagram.com/companhiadasletras
twitter.com/cialetras

para o João
para a minha mãe

E quando é noite, sempre,
uma tribo de palavras mutiladas
busca asilo em minha garganta,
para que não cantem eles,
os funestos, os donos do silêncio.

Alejandra Pizarnik

Engano a passagem do tempo e quando ele passa por perto nem se dá conta, porque se deixa embalar pela minha voz, não entende direito o que eu digo, se distrai, esquece que deve passar e para. O que é um sussurro para o tempo? O que é o tempo para um sussurro, que o desfaz e o tempo deixa de passar enquanto eu digo em voz baixa: "Como se eu pendesse de minhas próprias pestanas". Quando sussurro, sou como os grilos, assoviando para que o medo não venha; não tão logo, que fique ainda longe, escorado por esse ruído mínimo. Falo devagar, enquanto passo a linha no caseador meio enguiçado: "Assim responde a criança:/ 'Eu te darei a maçã' — ou: 'Não te darei a maçã'./ E seu rosto é a exata matriz da voz que estas palavras diz".

Você era assim também: teu rosto era a matriz exata do que você dizia e mesmo antes de dizer, eu podia adivinhar o que você sentia pelas duas rugas entre os olhos ou pela ausência delas — raiva, melancolia, lembrança ou desejo.

Você escrevia em pensamento, não no papel e a caneta

era só um arremate do poema já terminado e, de qualquer forma, não era você que passava para o papel, mas eu; e escrever, antes dos sussurros de agora, era como sussurrar. Escrever é um sussurro horizontal e, sem saber, eu já me acostumava, me preparando para um futuro nem tão imprevisto para quem prestasse mais atenção no que acontecia. Mas nós não queríamos saber, tínhamos uma esperança igual ao coice de um cavalo, você ainda mais do que eu, apesar desse nome estranho e um pouco estúpido que meus pais me deram, Nadejda, esperança. A deles, que acabou não sendo a minha. O tempo não se distraiu de nós, e em seus cascos rijos a polícia veio, ainda que disfarçada de médicos e cuidadores e, outra vez, fiquei com tua jaqueta nas mãos, do mesmo jeito que quando você quis se matar, algum tempo antes, se jogando da janela do hospital. Tentei te segurar e você caiu, me deixando só com o casaco na mão.

Faço com o tempo o que fiz com o casaco: fico segurando. De vez em quando eu grito, sozinha, e nessas horas o tempo passa, mas era isso mesmo que eu queria, ou você acha que é fácil ficar segurando o fluxo das coisas? Quase sempre eu gostaria mesmo é de morrer também; não aguento mais dar aulas para quem não se interessa por nada, eu também sendo perseguida só por estar viva, por ter sido tua mulher, porque a educação, para esses primatas do governo, é só louvação daquele dos dedos grossos e curtos. Mudo de um lugar para outro, trabalho durante a noite, nunca sei muito bem onde vou dormir e, quando durmo, fico escutando as ferragens dos elevadores e, a cada solavanco, acho que você vai chegar ou partir ou que eles estão vindo me buscar para interrogatórios ou para que eu morra de uma vez. Às vezes acho até pior eles não chegarem, porque assim os barulhos da rua, as buzinas, os passos nas escadas, a porta do elevador, as conversas cifradas que não entendo, continuam me assustando.

Outro dia me chamaram no meio da noite para uma reunião na escola. Cheguei e estavam todos sentados num círculo, com uma cadeira vazia no centro. Me perguntaram por que eu me atrasava para as aulas, se estava desenvolvendo alguma atividade suspeita. Mal tive vontade de me defender, mas em meio ao silêncio que tinha prometido manter, lembrei de você dizendo que não, que a vida tinha um sentido sim, e que viver era bom, mesmo nas piores condições, porque haveria um ovo cozido e uma meia-calça por usar, a conversa com Viktor sobre um poema e a mala com os adesivos de viagem, com os manuscritos inacabados. Você gostava de viver por isso, porque a vida eram as coisas que ainda não tinham sido feitas. E, afinal, era isso mesmo que eu vinha fazendo e só trabalhava naquela escola para poder continuar sussurrando à noite, na fábrica ou em casa e até quando ficava nervosa com algum aluno eu me acalmava murmurando: "Devo viver, mesmo morrendo em dobro" — e fingia que te ouvia falando, fazendo uma pausa e andando de um lado para outro, dizendo: não, não é assim, o acento precisa estar na outra sílaba, martelando o vidro da janela com os dedos ou batendo na cama com os punhos fechados, para depois retomar os passos, até gritar: é isso mesmo. Por isso me defendi, disse que cumpria minhas obrigações, que meus atrasos eram poucos e com boas justificativas, que eu precisava do trabalho para sobreviver e pagar as contas e que por isso não fazia sentido transgredir normas, que eu mesma era grata pelo trabalho. Mas quase todas as palavras do diretor eram sobre espiões disfarçados e prisões distantes, de onde ninguém volta. Tive medo e vontade de morrer ao mesmo tempo, mas pensei em 1934, quando foi declarado nosso exílio: "Isolados mas protegidos", nas palavras do próprio Molotov. Lembro de ir te visitar na prisão e de ter visto, inadvertidamente, o olhar de um homem que parecia japonês, quando andava pelo corredor. Alguma coisa tinha dado errado, porque eu não deveria tê-lo visto, mas nossos olhares se cruzaram e eu nunca vi um rosto tão assustado: as calças arriadas, a boca entreaberta num grito que não poderia ser dado e o olhar ameaçador do guarda que, percebendo o erro, começou a espancar o condenado. Você delirando, mesmo depois de deixar o quartel, dizendo que finalmente viveríamos livres e os seguranças nos conduzindo de trem até Vorónej. Não podíamos abrir as janelas do vagão e depois, sentados na plataforma à espera do trem seguinte, nem comer nem beber, durante quase sete horas, protegidos pelo guarda com o mesmo nome que o teu. A morte tinha perdido o sentido e, por isso, também o medo; o medo, na verdade, não passa de esperança e vaidade. É um sentimento burguês, como se a pessoa merecesse mais ou tivesse mais direitos pelo seu valor e, como que do nada, me senti imbuída de uma coragem entre ridícula e suicida: podem me condenar, se quiserem. Não fiz nada, mas sei que, em algumas ocasiões, aqui neste país, nada e tudo são a mesma coisa. Acho que não tenho por que me defender. E talvez por isso tenha sido absolvida naquele tribunal escolar. Afinal, também dava muito trabalho condenar uma velha.

Entre um intervalo e outro, vou me introduzindo no tempo e o introduzindo em lugares onde ele não esperava entrar: vilarejos abandonados, mercados de frutas e verduras, casas de costureiras, quartinhos escuros onde dormimos juntos, você e eu, dentro da minha garganta, de onde você me ajuda a dizer coisas como: "O ar é amassado densamente, como a terra —/ Dele é impossível sair, nele é difícil entrar". O tempo, entrando e saindo das passagens de ar, se condensa, se retrai e depois se expande, formando uma bolha, passando sempre mais devagar à medida que a voz sai da boca. E assim esse tempo às vezes se alegra, sinto seu movimento festivo, diminuindo em alguns segundos o ponteiro do relógio, fazendo com que o pêndulo oscile um pouco mais devagar e eu ganhe mais três minutos do dia para lembrar de um verso.

Tatianna me critica: eu não deveria dedicar minha vida a memorizar poemas que não serão lidos nem impressos e menos ainda publicados, me arriscando por palavras que não fui eu quem criou, ainda mais depois de você ter perdido a vida só por causa de um poema que criticava aquele georgiano filho da mãe. Eu mesma também me critico, Óssia, mas tudo isso é mais forte que minha vontade, é o próprio corpo que quer e que só mantém a saúde, ainda que frágil, à custa de cigarros Belomon e sussurros. Se não digo teus poemas algumas horas antes de dormir, todas as noites, enfraqueço, o cansaço pesa mais e mal consigo dormir as poucas horas que a exaustão me permite. Não faço isso para que você tenha a chance de ser lembrado na posteridade e para que teus poemas não se percam no esquecimento. Faço por mim, para me manter viva, para atenuar o buraco das horas, para que meus músculos tenham vigor na medida exata para acordar no dia seguinte.

Para conversar com Deus, não é preciso pedir nada, mas fazer as perguntas certas. Quem pergunta com exatidão, não pensa em ser atendido, mas em definir bem as suas necessidades, até descobrir que seu desejo era outro, mais miúdo e que ele próprio poderia cumpri-lo. Rezar pode ser a descoberta de que não era necessário rezar, e por isso é preciso continuar rezando. Rezo todos os dias, mas não consigo descobrir a pergunta exata. Repito as mesmas perguntas grandiosas e irrespondíveis: por que você morreu desse jeito? Vou conseguir lembrar dos teus poemas até eles serem publicados? Ou, simplesmente, digo: por favor, me ajude a suportar mais um dia. Será que minha pergunta miúda é, simplesmente, como faço para determinar com rigor a data da tua morte? Ou como comprar os óculos certos para enxergar a linha na máquina de costura?

Quando finalmente chegar o dia de eu mesma morrer, quero deixar como legado o sussurro, mesmo que teus poemas já tenham sido publicados, que os samizdat ganhem a Europa e a América e você se torne mais conhecido do que os poetas rendidos, do que o imbecil do Górki, mesmo que ninguém mais precise se lembrar de nada. Quero que Sônia, Vassílissa e Lizotchka aprendam a passar as horas murmurando coisas de que elas gostem, que treinem a memória para se expressar em voz baixa, como se pelo sussurro todas as mulheres da Rússia se comunicassem numa sintonia desconhecida. Nós então formaríamos uma rede clandestina de sussurros, que não salvariam nada, a não ser um pouco a nós mesmas, mas que deteriam o tempo e se enovelariam, fazendo com que ele passasse menos ou mais devagar pelos lugares onde nós falamos.

Já pensou, Óssia, teus livros publicados por toda a Rússia, entrando em cada cubículo, nesses condomínios povoados de vigias disfarçados, todos querendo, disfarçadamente, ler teus poemas proibidos, detestados pelo regime, perseguidos pela polícia? As cozinhas divididas por panos, os zeladores espias, os encanadores mascarados, as vizinhas mentirosas, todo mundo fingindo não querer, mas ocupando espaços minúsculos nos vãos das escadas para ler *Tristia* ou *O fogo errante*. Encapando os livros com propagandas do regime, cada um acreditando que o outro o denunciará. Isso vai acontecer um dia. Eu sei, porque as pessoas já estão me procurando; jovens de várias partes da Rússia vêm aqui, até minha Bolchaia Tcheremuchinskaia, e eu orgulhosamente lhes mostro meu vaso sanitário, o maior luxo a que tive direito nessa vida e eles me pedem para falar de você, de nós, das nossas histórias que eu achava tão sem graça. Falo tudo. Fico na cama, deitada, fumando e os recebo em pijamas. Eles riem, trazem cerveja, pão, doces e fazemos noitadas, cada um falando seus poemas, piadas, frivolidades políticas, sem saberem nada do que foram nossos anos de exílio, achando que na Rússia sempre houve o que comer e um lugar onde morar.

Agora mesmo o tempo parou. Ouça. Ele faz um ruído quando para de passar. Eu dizia: "O corpo a mim é dado — dele o que devo fazer?/ Tão único e tão meu ser?". Ele não ouvia direito o que eu estava dizendo e parou. Repeti, sempre em voz baixa, cada vez mais baixa. Veja, ele se deslocou mais um segundo, uma fração de segundo e eu disse: "Pela silenciosa alegria de respirar e viver,/ A quem, me diz, devo agradecer?". Falei quase no registro da respiração, como se cada palavra fosse como inspirar e expirar: o ar entrando — "pela silenciosa alegria" — e o ar saindo — "de respirar e viver". Transformei o ar nas tuas palavras, ou o contrário, e como o tempo precisa de ar para passar, como é pelo espaço que ele se movimenta, atravanquei-o todo com palavras sussurradas e ele parou.

Cada pessoa tem um tempo seu, apesar do tempo universal, que não sei se existe. O passado, o nosso passado e agora o meu, é um viveiro onde as mudas vão crescendo em maior ou menor velocidade, com mais ou menos viço, conforme o dia e a persistência. Vejo surgir um arbusto com mato daninho, que vai sufocando as plantas adjacentes, aquela orquídea, aquele pé de morango, vai tapando minha visão e só consigo lembrar de nós dois caminhando sorrateiramente pelas ruas escuras de Moscou, pegando envelopes de dinheiro escondidos, das mãos de Igor ou de Aleksandr. Teu casaco cor-de-rosa, de lã de camelo, que alguém confundiu com uma peça cara e que depois virou nosso cobertor. Assopro a lembrança, *fuu*, vai embora, mas ela volta. O passado é um cobertor rosa que não serve para cobrir nossos corpos. Sempre falta ou sobra uma parte e as memórias se contorcem, são como galhos semimortos presos a raízes parasitas, você e eu. O tempo ultrapassa nossos corpos, mas precisa se agarrar a eles, tomar seu tamanho e hoje meu tempo cabe exatamente em mim, o passado fui eu que inventei. Por que, na alvorada da nova era, no começo mesmo do século xx, eu recebi o nome de Nadejda? Foi esperança que eles quiseram me nomear, para que eu ficasse condenada ao futuro, projetando-me para a frente, quando meu corpo só me puxa para trás. Sou o passado lançado para um futuro, cujo único conteúdo conhecido é continuar a sussurrar teus poemas. "Pinicam as pestanas, grudam no peito as lágrimas./ Sinto sem pavor, a tempestade virá./ Um estranho me apressa a algo esquecer./ Abafado — ainda assim até a morte quer viver." Rápido, Óssia, há algo mais a esquecer: o verso de Maiakóvski — "nosso deus é o deus da velocidade,/ nosso coração — nosso tambor de batalha". De que forma?, você diria. Posso questionar, uma por uma, todas as palavras desse poema. Não fazíamos parte de um "nosso", palavra apropriada pelos vencedores, para designar uma totalidade que nunca existiu; a palavra "deus", associada a "nosso", nos causava arrepios. Quem então era esse deus, se eles o desprezavam? Era um deus metafórico, essa palavra que não se pode metaforizar; uma instituição, uma apropriação, uma paródia de Deus e do espírito: a "velocidade". Maiakóvski talvez não soubesse, mas de alguma forma, ao menos no início, fez um pacto com eles — "eles", essa palavra que eu sim posso usar ao me referir aos vitoriosos. Pois quem divinizava a velocidade era Stálin e o regime: descoletivizações rápidas, extermínios instantâneos em praça pública, modernização imediata, fome veloz para todos. Rapidamente, quase todos os escritores se adaptaram às novas regras, tudo para conseguir um apartamento um pouco melhor, uma ração um pouco menos magra, uma calça a mais, um emprego de secretária para a filha, um poema em nome do novo czar. Só um poema. Acreditavam que isso não iria sujar sua obra, tão sagrada, tão impecavelmente lírica e que, ao mesmo tempo, garantiria uma sobrevivência menos indigna. Que diferença faz um poemazinho? Três, quatro linhas homenageando Molotov, o Kremlin, a Revolução. Até Akhmátova e você mesmo tentaram, sem sucesso, porque já era tarde demais para não morrer.

A memória se apressa e cada lembrança vem acompanhada de muitos esquecimentos. Não sei mais qual era o desenho daquela tapeçaria que você quis tanto comprar, quando estávamos no meio da miséria, passando fome, mas o desenho era mais importante que comer e a levamos para casa. Ficávamos olhando para ela por horas, pensando que deveríamos adquiri-la, mesmo ao preço de morrer de fome. Seria mesmo o mais sensato que poderíamos ter feito, mas não fizemos. Esqueci, Óssia. Lembro dos teus poemas, cada noite os repito, mas esqueci de coisas simples. Onde comprávamos sal ou como bebíamos água em Vorónej? Esquecer é uma alegria a que me dedico diariamente. Penso numa lembrança e faço força para esquecê-la rigorosamente, cada minúcia dos teus gestos, dos meus, da alça do balde, da pegada na terra. Esqueço tudo e depois a lembrança vem, vívida mas subtraída de partes essenciais. Meu tempo é construído à noite, pelo cigarro e ele desenha minha forma, vai embranquecendo meus cabelos e afundando as rugas. Já pareço ter vinte anos a mais e isso me alegra; moldei o tempo como determinei. Uma pessoa morta num buraco, doente, no gelo, em meio a outros mortos e acompanhada deles. Teu rosto morto diante de mim, marcado pela varíola, o esqueleto se adivinhando pelas covas nas faces, os olhos afundados nas órbitas. Quais terão sido tuas últimas palavras? Água, quero água? Ou "Perdi-me no céu — o que fazer?". Você seria bem capaz de dizer um poema, mesmo esfomeado, mesmo quando te oferecessem remédios e uma mão para morrer melhor. Como você é teimoso, Óssip.

Não tenho uma ordem certa para sussurrar os poemas, mesmo sabendo que isso talvez facilitasse a memorização. Tenho medo, às vezes, de introduzir algumas palavras e não quero que nem um único som deles seja meu; não posso mudar nada, quero ser a sopradora contínua de uma obra tua, e minha participação é te fazer ressuscitar no ar, pelas alterações que provoco na atmosfera ao repetir os poemas todas as noites, pelo murmúrio que vai se infiltrando nas frestas das janelas, nos vãos das escadas, lá, no mesmo lugar onde se escondem os espias, os disfarçados, os vigilantes e os traidores, no mesmo lugar também onde se aninham os excluídos, os perseguidos e as mulheres dos poetas mortos. Meu sussurro avança lento pelas ruas e se encontra com os sussurros de Vária, Varvara, Tatianna, Nadja, Anna, Malinka, Ekaterina, Svetlana, Iulia, Vera, Liubov, Aleksandra, Maria, Olga, Anastácia, Sófia, Elena, todas nós dizendo as cartas, poemas, aforismos, teorias, equações, teoremas, sentenças, ensaios, peças, roteiros, projetos, tabelas, fórmulas, partituras, romances, notícias, constelações. Nós mesmas não nos conhecemos, mas nossos sussurros sim, eles se cruzam todas as noites, cumprimentam-se e às vezes se confundem, misturando uma equação com um verso, uma rubrica de teatro com um pensamento filosófico ou uma carta, formando livros feitos de ar e poeira, que se espalham e criam ligações secretas entre as mulheres que estão salvando a Rússia do esquecimento. Você já sabia que, aqui, a poesia é tão importante quanto o dinheiro, já que o poder se ocupou continuamente em perseguir os poemas e os poetas, a ponto de matar cinquenta autores judeus numa única noite. Stálin mesmo mandou matar um de seus melhores amigos, que lhe emprestava livros, porque ele ousou reclamar que Ióssif engordurava as páginas com seus dedos emporcalhados. Os dedos gordos de Stálin. Quanto não estão relacionados a tudo o que aconteceu? Como esse homem olhava para aqueles dedos e os odiava por serem tão curtos e graúdos, incapazes de, pela sua grossura, escrever algo que prestasse, e quanto ele não quis se vingar nos poetas, especialmente neles, porque para escrever poesia nem dedos são necessários, mas somente a memória e a voz, os ouvidos e alguém, como eu, para escrevê-los, sempre com dedos finos e ágeis, dispostos a não perder nada do que um poeta só pode ditar freneticamente, sem pausar para que eu possa acompanhar, sem repetir as palavras, temendo que, com isso, algum verso possa se perder? Pode ser que a origem do fascismo sejam os dedos gordos, a ausência de pelos no rosto, a baixa estatura ou a gagueira. Por que outra razão alguém iria querer exterminar tanta gente de uma vez só, amigos, parentes, livros? Nenhuma lógica de guerra pode sustentar essa burrice, uma péssima estratégia de combate, cuja prova é a insatisfação geral e o retorno lento aos antigos costumes, agora que os dedos gordos já foram comidos pelos vermes.

Vou dizendo: "Não é preciso dizer,/ De ninguém, nada a aprender,/ E como é triste e ideal/ A escura alma animal", logo seguidas de: "Armênia/ Anelavas para si mais cor/ Com a pata o leão desenhista/ Do estojo arrancou/ Meia dúzia de lápis", poemas com mais de vinte anos de distância entre si.

Essas sequências vêm por associação livre e lembro da Armênia porque penso o quanto, lá, as palavras eram mesmo desnecessárias e que foi lá também que você conseguiu recomeçar a escrever, depois de tanto tempo daquele bloqueio inexplicável. Lá na Armênia, onde só víamos o mar e as montanhas e conversávamos com os camponeses, onde as cores eram mais importantes do que aquilo que se podia dizer sobre elas, só lá é que você poderia ter recuperado os versos, essas instâncias em que as palavras são dispensáveis, apesar de eles serem feitos com elas. Falo ao acaso poemas de seus livros, de *Tristia* e de *Pedra*, deixo que eles tomem minha memória aleatoriamente, um poema fazendo lembrar o outro e os versos vão se completando, os sons puxando outros sons, até as palavras se tornarem sons puros, sem significado, misturados à minha voz baixa, que os vai pronunciando como que apesar de mim e os poemas vão se chamando, se atropelando sem ordem nem nexo, e meu cigarro os acompanha, a fumaça seguindo o som, os dois se propagando no espaço do quarto. Você dizia que os poemas eram isso mesmo, invocações que faziam aparecer ou desaparecer as coisas pelo efeito da voz, inclusive com a superstição de que, assim que você escrevesse sobre um objeto, ele desapareceria: a bengala, o cobertor, o peixinho, o próprio apartamento. Deve ser por isso que tudo na minha vida está em vias de desaparição, inclusive eu mesma. Porque repito teus poemas todas as noites e talvez seja o sussurro que me salve de desaparecer completamente. O poeta não escreve *para* os outros, para os seus camaradas, mas *com* eles, era o que você sempre dizia. Repetir os poemas de outra pessoa é o que fazem, como eu, outras mulheres depois do trabalho nas escolas, fábricas, lojas, ferrovias, máquinas, teatros, repartições. Eu mesma falo enquanto costuro na fábrica de tecidos, depois de sair da escola, porque durante as aulas não consigo dizer nada, só as baboseiras de sempre sobre a gramática do inglês.

Os poemas que memorizo mas que parecem também me memorizar, como se eu só pudesse existir através deles, me levam para um passado que fica no futuro, onde eu te vejo caminhando, estudando Dante junto com Anna, comendo blini na cozinha, rindo com Viktor, nossos únicos amigos verdadeiros. E também para um futuro sem data, quando os jovens que agora me visitam em casa serão poetas eles também e caminharão pela Niévski, pela Rojdestvenka e pela Nikolskaia, gritando: "Vivemos sem sentir sob os pés o país./ Nosso discurso não se ouve a dez passos,/ E onde as meias bastam/ É lá que lembram um montanhês do Kremlin". Vou para o futuro cada vez mais deitada nesta cama, onde leio e escrevo bobagens e de onde a qualquer momento posso dar um salto, um salto — e minha mente se completa. Você vai ver que vou saltar para dentro do futuro, vazia, só com a fumaça dos cigarros nos pulmões, sem a Rússia, sem o progresso, sem dinheiro nem roupas, sem documentos e sem a glória da Revolução. Pode ser que você já tenha se tornado um monumento, que as pessoas se arrependam de não terem te dado guarida e inventem histórias dizendo que te conheceram, te ajudaram a guardar poemas, se arriscaram por você. Pode ser que Boris, o grande Boris Pasternak, em meio à sua fama internacional, dedique uma palavra para homenagear você e também a mim, mas eu salto sem isso, sem que ninguém se lembre de mim nem do que faço e terei feito por você e pela tua poesia.

Não salvo nada. Vou dizendo e parando o tempo para poder dizer mais e mais devagar e em vez do progresso quero o retrocesso, quero voltar para 1919, para o bar onde te conheci em Kiev e dizer olá outra vez, como você se chama?, Nadejda, posso te tratar por tu?, pergunta que nem foi feita, porque passamos a nos chamar assim sem pensar nem pedir, apenas porque podíamos e eu responderia que sim, claro, eu era livre e você me chamaria outra vez para dançar e saberíamos outra vez que passaríamos a vida e a morte juntos e que na nossa morte eu diria teus poemas em voz baixa. Eu teria me sentido feliz com uma vida pacífica, seus desesperos ordinários, os pensamentos sobre a certeza da morte e a vaidade das coisas terrenas. Nada disso nos foi possível e talvez tenha sido isso que você quis dizer, no interrogatório; que, com a Revolução, você tinha perdido teu sentido de espanto. Nem você nem eu jamais gostamos da palavra "progresso", praticamente impingida como obrigação e promessa; preferíamos a história e seu tempo que passa para todos os lados, não só para a frente. Também não suportávamos a palavra "desenvolvimento", como se para crescer fosse necessário romper os envolvimentos, quando é justamente o contrário. Nem o movimento dos ponteiros do relógio, nem desenvolvimento, nem progresso, mas eventos, como tempestades, a precipitação dos cristais, as asas de uma águia. Isso sim é parte da história, é *a* história, além dos homens e mulheres que esperam pelo trem, dos camponeses expulsos de suas terras, da ração diária dos músicos, de uma nova peça para piano e violino, do telefonema de Stálin para Pasternak. Você se recusava a possuir um relógio e só aceitou, depois de muita insistência minha, um relógio de pêndulo na cozinha, teu cômodo favorito. "É como se os ponteiros fossem iguais aos bigodes de um rosto achatado."

Estou escrevendo para você e você é poeira, como estas palavras que digo e que vão se transformando em pó e talvez por isso te encontrando, se depositando por aí, na terra, no mar, pelas ruas, uma molécula de um braço teu junto com um caco de sílaba, avançando entre as raízes de alguma árvore. Você sabe que não acredito no futuro, mesmo vendo que as coisas agora estão um pouco menos ruins do que antes, que já posso ter um vaso sanitário, um apartamento fixo e que os jovens não sentem mais fome nem são mais enviados ao exílio de cem quilômetros. Não acredito que essas "melhoras" levem a uma mudança na superestrutura revolucionária, que o Kremlin passe a ter menos privilégios ou que venhamos a testemunhar uma igualdade maior entre as pessoas, o sonho de uma única classe trabalhadora, escritores podendo escrever, músicos podendo tocar e o fim de algo como o *Guia para a eliminação das bibliotecas que atendem ao leitor de massa de obras antiliterárias e contrárias à Revolução*, do camarada Górki, aquele vigarista. Acho que isso tudo só vai acontecer em condições talvez ainda piores que as atuais, quando os assim chamados vitoriosos forem derrotados não por nós, mas por hordas de americanos, franceses e italianos, vindos de todas as partes do mundo com seus carros, camisetas, banheiros com vidros espelhados, televisões coloridas, mulheres de salto alto e maquiagem, para quem os camponeses descoletivizados vão trabalhar praticamente de graça, em troca de algumas moedas em nome das quais eles vão limpar, enxaguar, babar e suar.

Mesmo assim, acho que uma viagem contínua dessas duas partículas de pó, você e meu sussurro, pode, essa sim, organizar desordenadamente uma transformação oculta, que vai se aninhando despercebida no colo dos inconformados, dos poetas sem palavras, das mulheres sem marido, das mulheres espantadas, dos que não encontraram um lugar mesmo tendo morada, dos que não sabem que horas são mesmo quando têm um relógio, dos funcionários das repartições que se esquecem de bater o ponto, dos cientistas que descobrem uma nova cor na asa de um inseto, dos astronautas que, uma vez no espaço, não têm muita certeza sobre voltar à Terra, das costureiras que se ferem levemente com a agulha, dos homens que carregam seus filhos em panos amarrados às costas, dos jovens que vêm visitar uma velha numa rua de Moscou e que querem ouvir suas histórias ridículas. Nisso tenho alguma confiança, Óssia, mais do que você talvez tivesse, já que a única coisa em que você acreditava era naquilo que estava fazendo no momento e era por isso que conseguia manter uma alegria impossível, mesmo quando tudo anunciava o fim. O punho impiedoso da época. Essa frase tua me agarra e não me solta, estou e estamos presos a isso, mesmo quando não sabemos e só essas vozes baixas espalhadas é que se desprendem, escorrendo como areia por entre os dedos.

Eu não sabia que poderia me tornar tão infantilmente poética e patética, depois de ter aprendido, há tantos anos, a afiar a língua todos os dias, a desconfiar de cada poeta que aparecesse na minha frente, como aquele armênio idiota que fingiu querer discutir poesia, só para a polícia poder chegar em casa e te prender mais facilmente. E, depois, passei a odiar a poesia, porque ela permitiu que escritores se derretessem pelo partido, por uma porta a mais dentro de casa, por uma camisa a mais no guarda-roupa. Desde quando poetas são fracos? As únicas pessoas nas quais me permiti confiar nesses anos foram as que nem sabem que existiu uma revolução, as que desconhecem Lominadze e Iejov e ainda se deram o trabalho de encontrar um balde para nos ajudar. Confio mais em baldes do que em poemas, Óssip, mas releio o que escrevi e me acho poética. Estou contaminada de palavras: "ondas", "lágrimas", "vidro", "terror", "pedra", "asas", "névoa", "seios", "gaiolas". Como não sussurro o que as palavras querem dizer, mas muito mais seu som, já não sei a que elas se referem e só as ouço soar, "s-e-i-o-s", "v-i-a-g-e-m", "a-v-a-l-a-n-c-h-e" e elas vão tomando conta da minha boca e das minhas mãos. Não gosto de palavras grandiosas e abstratas como estas, "terror", "sonhos", "liberdade". Mas digo-as sem perceber, falo do que não quero, de uma forma que não quero, virei sonhadora sem o saber, sem sonhar, porque as palavras sonham à minha revelia. Não tem importância, já que não estou interessada nem em mim mesma nem no que digo e muito menos no que os outros vão pensar do que escrevo.

Que merda é essa? De que se trata isso?, aquele soldado te perguntou, lendo: "Munido da visão de vespas estreitas/ Que sugam o eixo terrestre, o eixo terrestre/ Sinto mais e mais com o que se deve ver/ E recordo de cor e em vão". Você respondeu: sim, isso mesmo, que merda é essa, de que se trata. É essa a poesia que eu gosto, essa que diz vespa, que diz suga, que diz eixo e ferrão. Que diz teta e iota, dente e tropel. Você ia buscar as palavras no teu ouvido, nas memórias de um quarto, na pressão de uma panela, e nunca no teu coração, músculo exageradamente exaltado, sobrecarregado de coisas que não cabem a ele. E você vinha com dois conjuntos de palavras com sons de O ou, melhor ainda, som de U, e com elas descobria a que se referiam, e encontrava, encontrava sim, um sentimento de poeira nas ruas depois que os ônibus passam.

Que sentimento é esse, Óssip, qual o seu nome? Você não sabia, mas criava um nome novo e uma emoção nova, aqueles que sentimos quando passa um carro, despeja um rastro de poeira e de fumaça em quem vem atrás e a pessoa então se lembra, enquanto esfrega os olhos, de um vento que a embalou em um dia, no passado. E mesmo assim, mesmo tendo repetido tantas vezes essas tuas palavras, aqui estou eu falando "nuvens", "céu" e, pior ainda, "estrelas". Foi com isso que eu fiquei de tudo o que repeti. De tanto ter desejado que meu maior problema fosse um coração partido, desses ordinários, em que uma pessoa chora de dia e de noite, procura saber com quem o parceiro saiu, o que fez, a que horas voltou, de tanto ter pensado que era isso que eu mais queria, foi com esse repertório que fiquei, agora que minha vida também se tornou mais simples, menos insegura e quando nem sequer me assusto mais com o barulho do elevador. Posso ir até a mercearia aqui na frente, comprar duas cervejas, algumas batatas, cozinhá-las e comê-las, sem precisar assinar nenhum formulário, sem que isso seja descontado da ração do mês seguinte, sem precisar negociar um segredo com o proprietário do armazém. Nosso "demônio do pote de tinta" está mais dócil agora e os funcionários que carimbam e negam, indeferem, reprovam, proíbem e censuram, estão até mais folgados, perambulando pelas ruas atrás de um desempregado ou suspeito a quem possam controlar.

A única tarefa extraordinária a que me dedico com afinco atualmente é frear a passagem do tempo. Não digo palavras mágicas, não exerço poder nenhum; apenas sussurro. Lembra de Kátia, nossa vizinha em Kitai-gorod? Não sei se você lembraria, mas ela também sussurra os artigos científicos de Liev, seu marido, professor de química. Acho o trabalho dela ainda mais difícil que o meu. De vez em quando nos encontramos na rua, ou vamos juntas a alguma casa de chá e trocamos confidências, cada uma soletrando suas fórmulas, seus truques mnemônicos, e misturamos nossas palavras e letras, nossas numerações e códigos, para depois sairmos pela rua rindo uma da outra e de todas nós que fazemos o mesmo por toda a Rússia, enquanto o tempo nos relógios paralisa e ninguém consegue mais pegar o ônibus no horário certo, as reuniões atrasam, pessoas são demitidas de seus empregos, afinal foi somente um minuto ou dois, mas o suficiente para causar um transtorno razoável, capaz de confundir os relojoeiros, os burocratas de plantão e os representantes mais conservadores do partido.

O espaço, nessas horas, também fica mais espesso, e as pessoas têm mais dificuldade de seguir o passo, parece que estão lutando com uma massa de ar pesada, nós duas, Kátia e eu, podemos ver os movimentos arrastados, os pés forcejando contra uma passagem difícil, até que paremos com nossos murmúrios e tudo volte ao normal, os rostos fiquem um pouco aliviados e se dissolva a névoa que havia se formado.

Anna ri de mim, ela que te conheceu tanto, e acha que minha tarefa é um pouco ridícula, embora não me diga assim explicitamente. Acha que você mesmo não faria tanta questão de que teus poemas fossem guardados ou publicados, que se a Rússia está assim, não merece ler o que você criou. Anna está enlouquecida com o filho, ainda vivo mas preso, com o salário que ela recebe, indigno até para um porco, e com uma vida ainda mais difícil que a nossa. Por isso não presto atenção no que ela fala e sei que ninguém mais do que ela vai querer ver teus poemas impressos, junto com os dela mesma, que agora está quase virando uma estrela, um mito, com filas de jovens na porta da casa esperando para vê-la, simplesmente tocá-la ou ouvir sua voz. Eles, correndo o risco de serem presos e até mortos, copiam o que ela fala, vão visitá-la com poemas copiados para que ela os assine, para que reconheça quem os manteve, para que acene com a mão, como se dizendo: aqui está um herói da nova Rússia. Mas ela, como eu, como você também, sabe que não existem heróis nem nova Rússia e que heróis assim só servem para manter as coisas como elas sempre foram. A nova Rússia é uma fachada para ocultar a antiga, com direito a um pouco mais de consumo de cigarros e colchões e uma censura um pouco mais relaxada para alegrar os imbecis e os tolos e logo partir para cima deles com mais um golpe inesperado, eles que estavam tão confiantes nas transformações da Revolução.

Sou otimista e pessimista ao mesmo tempo. Converso com os jovens que vêm me visitar aqui na Tcheremuchinskaia e penso que eles parecem diferentes de nós, menos sonhadores e idealistas, e acho isso bom. Digo isso a todos eles. Não sonhem, não esperem mudar o mundo com palavras nem com emoções. Eles nem pensam mais nisso, Óssia, querem o confronto com a realidade, como eles dizem, querem ouvir teus poemas não para devanear, mas para conquistar uma menina, para levá-los para fora daqui, para estudar ou ler num encontro poético ou político. Parecem conhecer melhor as limitações de um poema, e sabem que por isso ele é tão importante. Se poemas fossem capazes de mudar o mundo, não seriam poemas, mas máquinas. Sua força está em sua incapacidade, seu movimento instantâneo de dúvida, um deslocamento da pálpebra, uma ausência despercebida que vem se instalar na alma de forma mais duradoura. Os vencedores sabem disso e por isso nos odeiam e nos temem, porque conhecem o perigo dos mínimos deslocamentos.

Mas comigo mesma, individualmente, não quero mais nada. Gostaria de partir, deitada, fumando um último cigarro, talvez comendo blini ou bebendo um pouco de vodca. Só isso mesmo. Morrer simplesmente, sem oração e sem ninguém para me acompanhar na partida. Se eu tivesse tempo, talvez rezasse: minha santa padroeira das cidades mortas, minha santinha cansada e protetora dos velhos e doentes, me leve com a alma magra e mirrada para o outro lado da vida. Lá onde posso caminhar de novo ao teu lado, Óssip, ou só ficar parada, te olhando se zangar comigo, porque borrei o caderno, porque errei uma palavra. Mas não terei tempo na hora de abandonar o barco, porque será um derrame, um infarto, ou a bênção do sono. Não vou perceber que estou morrendo, porque tudo o que tenho feito nesses últimos anos é acompanhar o caminho da morte, em mim e na Rússia. Por isso, quando ela vier em definitivo, será instantânea, e todas as rezas e pedidos que pudesse fazer, já terão sido feitos e ditos, ou então não, eles nunca terão sido sequer pensados ou pronunciados, mas estarão ali e ela virá munida deles, e se abaterá sobre mim de repente, como uma foice cruel e compassiva, me deixando só suspirar assustada, dizendo um mas.

Só que não posso me dar ao luxo de morrer, nem posso controlar minha vida. Sussurrar teus poemas não é uma missão, nem sou uma espécie de heroína, cumpridora de um sacrifício pago com minha própria vida. Óssip, se for algo que passe mesmo perto disso, se mais tarde, quando teus poemas já estiverem salvos e publicados, alguém nem sequer pensar em mim como essa pessoa, essa que salvou tua vida, ou tua memória, então prefiro desistir de tudo agora. O que a posteridade vai pensar de mim? Se for alguma coisa mais do que nada, não quero. E digo isso sem falsa vaidade nem algum espírito de modéstia cristã. Faço o que faço pelos teus poemas, como uma causa concreta, de papel e palavras. Não é uma causa espiritual ou mesmo política. Uma subversão silenciosa, que de alguma forma foge ao controle do regime, como esses aviões que, voando tão baixo e rápido, escapam aos radares mais poderosos. Sei que alguma consequência política também virá do que faço, do que todas nós fazemos. Que você será mais lembrado por isso e eu também. Mas não é por isso, Óssip. É por eles. Porque eles se impuseram através de você, como você mesmo falava, eles vieram te encontrar, te escolheram para dizê-los, assim como você os escolheu, num encontro entre poeta e poemas que só acontece poucas vezes. Eles vinham se insinuando, entrando pela janela onde você se encostava, subindo pelo riacho que você ficava observando em Ierevan e você os capturava com a mão, assim, *zapt*, desdobrava a palma e lá estavam elas, palavras e sons espalhados, em estado de confusão, que você desembaraçava devagar, fazendo combinações possíveis, enquanto se levantava e caminhava, até chegar a um poema redondo, inteiro, uma pedra. Não posso deixar que isso se perca, compreende?

Quem é o poeta, diante dos poemas que escreve? Você mesmo detestava que reconhecessem a você e não a eles. Diferente da grande maioria dos teus colegas, não queria jantares e homenagens (embora tenham sido raríssimas as vezes em que alguém pensou em te homenagear ou teve coragem de fazê-lo). Você recusava até um conforto a mais, se isso significasse abrir mão de qualquer coisa na tua vida, convicções ideológicas ou simplesmente sair de casa e ir até uma embaixada. O poeta é o autor e o homenageiam por quê? Porque sua imaginação é mais fértil, porque ele é proprietário de um pensamento e de uma capacidade diferentes? É difícil entender por que idolatram tanto quem escreveu e pouco o que foi escrito.

Minhas razões são objetivas, você sabe, como você gostaria que fossem. Eu mesma preciso me convencer, de vez em quando, que é pelos poemas que me mantenho viva e não por você, ou, o que é pior, por mim mesma. Mas a cada vez que repito um poema, é incrível, descubro uma coisa nova, um som, um ritmo, uma rima, um significado novo para aquela metáfora. Como Óssip pensou nisso? Pode ter sido ele que pensou ou pode ser que seja eu mesma que pense. "Talvez antes dos lábios já nascera o sussurro,/ E na clareira volteavam as folhas ao vento,/ E aqueles a quem dedicamos o experimento,/ Antes dele ganharam os traços." Os poemas nascem antes de alguém criá-los; quem os cria, quem tem a bênção de pensar em poemas, é porque já os viu se formando na natureza, já os ouviu numa frase dita por outra pessoa, já os reconheceu soando num sino ou num apito de fábrica. As formas rodam pelas ruas, soltas ou combinadas e a dúvida do poeta paralisa a passagem dessas formas por uma fração de segundo, momento em que elas se desequilibram e vão parar na boca do poeta, sob a forma de um verso em formação. "Talvez antes dos lábios já nascera o sussurro." Como você sabia do meu destino e do destino dos teus escritos? Ou melhor, era esse poema que já antevia a fortuna, antes mesmo de ele próprio existir? Devo ter nascido para isso, deve ter sido também para isso que você morreu.

Agora existem alguns poetas por aí que até sofrem pouca censura e que falam numa Rússia que voltou a ser mãezinha, falam nos camponeses novamente trabalhando, ou então não, falam em dores de amores, uma dor de cabeça que foi curada com um novo tipo de comprimido, ou de um abismo azul em cujo fundo há um lago cor-de-rosa. Para mim isso não é poesia, ou não é a tua poesia, uma que provém do pântano e da cólera, de uma tília misturada à fumaça de uma fábrica que não produz mais nada que se possa comprar e que surge precisamente na piscada de um olhar, no ouvido de alguém que, sem querer, presta mais atenção nas coisas. Lídia disse melhor do que eu: "O espírito criador obteve a sua maior vitória — ele deteve o rio em que é impossível banhar-se duas vezes".

Essa Rússia que te levou é um país recente, mas fincado numa história bem antiga, toda calcada em monumentos. Quem anda por aqui vê: monumentos, monumentos e monumentos. Aos homens, ao trabalho, à arquitetura, ao regime, a ideias e, não posso nem acreditar, ao povo. Antes era à fé, agora é a Stálin ou outros que o substituíram, tanto faz. Lembro da sede da Lubianka — lembro não, na verdade não consigo esquecer — e das escadarias de mármore, do pórtico romano, das estátuas nos corredores, lembranças de algum palácio antigo agora a serviço da Verdade policial, e, lá dentro, os corredores sem fim, a sala descomunal do delegado, a mesa alta e larga, com montanhas de papéis e gavetas cheias de carimbos, um para cada ocasião diferente e outros só para exibição (pessoas que deviam colecioná-los e limpá-los todas as noites antes de dormir), os formulários com páginas que não acabavam nunca, a extensão das perguntas e das entrevistas, tudo em escala sempre monumental. Não é somente o que se vê por aqui que supera qualquer escala imaginável, mas também o que se ouve, se toca e se imagina. E eu não quero fazer parte disso, Óssia, nem teus poemas, nem meu sussurro, que só eu posso ouvir, eu e umas centenas de outras mulheres, em Moscou, Kiev e Petersburgo. Consigo me tornar tudo nesse rio em que posso me molhar duas vezes, já que momentaneamente estaciono o tempo, mas não um monumento.

Nem eu nem você nunca tivemos duas faces, uma dócil, obediente ao regime e outra secreta e desesperada, fazendo juras contra ele. Tantos, como Kaviérin, se sentiram heróis da clandestinidade e, imagino, de uma coragem subversiva, porque enquanto se autoproclamavam "anunciadores da alegria", da boca para fora, escreviam em seus diários, à noite, reclusos em seus banheiros: "Como é possível ser anunciador da alegria quando se tem a morte na alma?". De certa forma, ao menos para si mesmos, para quem conhece esse gesto supostamente subversivo e para a posteridade, esses escritores duplos também se sentem monumentais. Sofrem a vergonha de serem submissos, para poderem desabafar suas mágoas na solidão de suas casas quase confortáveis ou para poderem sobreviver e sustentar suas famílias, que, sem isso, ficariam à míngua. Não quero julgar essas pessoas, acho que elas podem fazer o que quiserem, contanto que não venham posar de fortes e heroicas para cima de mim. Nadja, você precisa compreender, não tínhamos outra saída, mas fizemos o que pudemos por você e por Óssip, até guardei um de seus poemas dentro de uma almofada que minha própria mulher costurou. Quando as coisas melhorarem, que Deus nos ouça, descosturo a almofada e publico meus diários íntimos, em que desanco tudo o que elogiei. Não tenho pena nenhuma desses autocomplacentes. Compreendo a fraqueza, especialmente diante de tudo o que Stálin nos impôs, mas não tenho nenhuma paciência para o falso sacrifício travestido de necessidade.

Quantas vezes não quis eu mesma desistir de tudo, quantas vezes não cheguei de fato a desistir, indo embora, fazendo minha trouxa e te abandonando em casa, até doente, porque eu não me achava capaz de suportar tanto desconforto. O que nos manteve vivos, Óssip, além de um corpo que teimava em não morrer? Em mim mesma não vejo nenhuma resistência, nada que me impedisse de largar a vida. Foi você, com uma alegria que só posso chamar de absurda, uma alegria que às vezes considerei nojenta, capaz de se emocionar com uma piada contada por Maksim, aquela do ferroviário que perde o relógio, e achar que por ela vale a pena continuar vivo.

Fomos nos mantendo assim, um dia depois do outro, com temporadas um pouco mais breves e outras mais longas, como quando podíamos esperar um mês para renovar nossos carimbos, em Vorónej, e durante esse tempo você podia conversar sobre um concerto de Beethoven com outro admirador, quando eu podia pintar minimamente sobre uma xícara quebrada de porcelana, ou sobre um tecido qualquer que encontrava no lixo; quando vinham até nos visitar e dividíamos alguns ovos, rabanetes, batatas; quando saíamos para o rio, caminhando e você imaginava que ainda iríamos para a Armênia outra vez, ou que voltaríamos para Kiev, ou então que iríamos para o México, Brasil, Egito. Lembro de poemas teus dessa época e ainda de poemas mais tardios, escritos em 1936, ou até 1937, e não acredito que você estaria morto menos de alguns meses depois de eles terem sido escritos. Você sabia o que te esperava, nos momentos mais agudos da consciência, tinha certeza de que morreria logo mais, mas isso transparecia pouco nos poemas, objetos independentes que te salvaram da loucura e da realidade. "Infeliz aquele, como a sombra de si,/ O latido assusta e o vento entorta,/ E pobre daquele, mais morto que vivo/ Que à sombra pede esmola."

Tantas vezes acho que tenho pedido esmola à minha sombra, implorado que ela viva no meu lugar, que dê aulas por mim, que se levante e vá, vá você, não quero sair daqui. E tenho pena de mim, de nós, de nossa peregrinação de trinta anos por esse país onde tudo é largo e distante, onde nos foi imposto não poder ficar a menos de cem quilômetros de qualquer cidade grande, e onde, mesmo nas incontáveis cidadezinhas nas quais pernoitamos, tudo também parecia longe e precisávamos errar de venda em venda, casa em casa, rua em rua, atrás de um copo de leite, um guarda-chuva, alguém que consertasse a sola das tuas botas, um coche que nos levasse até nosso quarto. É assim. Mas a piedade some quando de repente abro os olhos, me ergo e já sei que qualquer condescendência, especialmente de alguém consigo mesmo, é o primeiro passo para o ridículo. Como são dignas de pena as pessoas que sentem pena de si. Como sofri, diz um, eu sofri mais, diz o outro e de imediato tem início uma competição. Se não podem se contentar em disputar riquezas e propriedades, fazem do seu vazio um latifúndio, medindo os lotes de dor, os acres de doenças e injustiças. Quem sofre mais, eu ou Anna? É claro que é Anna, mas isso não diminui em nada o que venho passando, nem o fato de a dor dela ser maior a torna mais nobre do que eu. Nas poucas vezes em que ela vem me visitar, falamos de doces, de receitas de blini, de um poema que você e ela tinham começado a criar mas que nunca terminaram, ela me consulta sobre algum verso que andou escrevendo, comparamos o tamanho de nossos banheiros. Nunca nos lamentamos, esse vício ruminante e, de alguma forma, burguês. Não tenho orgulho do que vivi, nem vergonha. Vivi, é isso e foi assim. É uma frase materialista, eu sei, e mesmo assim me sinto profundamente cristã, ainda mais do que você era e ainda mais do que eu mesma fui. Acho que ter subestimado nossa fé foi um dos piores erros dos vitoriosos; ela só fez aumentar durante esses anos todos, se diversificando em inúmeras correntes de misticismo, mistérios, rituais e filosofias. É só caminhar cinco minutos para qualquer lado, em qualquer cidade russa e você vai encontrar, dentro de antigas igrejas, repartições, mas, dentro de salas iluminadas com uma vela, uma reunião de fiéis orando, ícones, talismãs, folhinhas, livros e cânticos.

A Rússia inteira sussurra. Mulheres sussurram poemas e cartas; velhos sussurram provérbios antigos e canções; trabalhadores do campo entoam rezas secretas; ex-espiões arrependidos murmuram pedidos de perdão; antigos amigos se encontram e se cumprimentam timidamente; nos enterros ou homenagens aos mortos, as pessoas dizem nomes e palavras entredentes; segredos são passados subterraneamente de bar em bar, casa em casa; denúncias são entregues em papeizinhos dobrados na rua; Khlébnikov vem comer uma refeição silenciosa em minha casa.

Olho ao redor e meus objetos de valor são meu vaso sanitário e o pássaro de bronze que trouxemos da Armênia. Posso continuar viva por eles, é uma negociação inteligente que faço com a morte, embora não tenha medo nenhum dela, ao contrário. Mas que eu fique viva por eles, pelo lugar onde possa fazer minhas necessidades em paz, pela mera possibilidade desse luxo e pelo pássaro, que, da prateleira, guarda por mim e por minha memória, na verdade a única razão para eu continuar por aqui.

Quando nos encontrarmos você ainda vai me chamar de tua namorada mendigazinha? Nada, você vai mesmo é me dar uma bronca, dizendo: olha só, agora você também desatou a escrever. Vamos reler trechos dessas cartas desordenadas que te escrevo agora, mas não tudo, porque rapidamente vamos nos cansar do passado e você vai me pedir que abra mais uma página das memórias de Santo Agostinho ou, não, nem isso, que conte uma história interessante sobre Anna ou sobre Boris e depois vamos ficar calados e eu, sem querer, por força do hábito, vou começar a sussurrar um poema, e você vai pegá-lo pelo fim de um verso e continuar recitando e então eu vou me dar conta de que não preciso mais sussurrar, que os poemas já têm seu lugar no mundo e que nós dois, fora dele, já podemos ficar quietos. O tempo nos fará uma reverência, não porque sejamos especiais, mas porque ele também terá se desvencilhado de sua tarefa, de ter precisado estacionar diariamente e então partirá para outra incumbência.

1.

Anna Akhmátova estava com a roupa errada para a temperatura de Moscou e, além disso, também irritada, porque, desajeitado como sempre, seu filho não tinha conseguido encontrá-la na estação. E não era só por isso, mas porque ela preferia que Óssip fosse buscá-la e que eles então viessem de lá até nossa casa contando piadas idiotas um para o outro. Sabe por que os judeus têm nariz grande? Porque o ar é de graça. Ou: um rato começa a correr loucamente e outro rato, correndo atrás dele, pergunta, por que você está nessa correria? E aí ele responde que ouviu dizer que os camelos vão ser castrados. Mas você não é um camelo! Está certo, então tente provar isso para a polícia! Ela era apressada enquanto Óssip era lento e um tentava convencer o outro de que a sua velocidade era a mais certa.

Mas, naquele dia, o clima não comportava muitas piadas e, enquanto esperávamos por algo que fatalmente iria acontecer, sem entender exatamente o porquê, nem como, nem quando, Óssip saiu à procura de alguma coisa para oferecer a

Anna. Ela nem fazia questão de nada, mas para Óssip era essencial manter a dignidade de um anfitrião. Talvez os costumes nos salvassem de nos transformarmos em bestas e, de qualquer forma, era bom sair atrás de algo, em vez de ficar parado em casa aguardando a polícia. Não tínhamos absolutamente nada na cozinha, nem um pepino ou uma batata, luxos de que não sentíamos mais falta.

Óssip voltou carregando um único ovo, que segurava com cuidado e caprichosamente, um bibelô de porcelana. O ovo ficou lá, parado, depois que eu o cozi por alguns minutos na água. Descascado e quieto. Anna não tocou nele, nem eu, nem Óssip. Parecia bom somente tê-lo por perto e poder observá-lo, branco como uma bola de neve, naquele calor de Moscou.

Nós três sentados no santuário — o nome que dávamos à nossa cozinha — parados, esperando o inevitável, que poderia vir naquele dia ou no dia seguinte, mas que viria, e o ovo junto, como se esperasse conosco, pactuando da nossa angústia. Nessas horas, nunca sei se o melhor é que a desgraça chegue logo ou que demore. Talvez eu prefira que a polícia chegue depressa, diga a que veio, vasculhe, torture e dê seus motivos falsos ou verdadeiros e depois parta, dando um intervalo mais longo para a próxima investida, apesar de nunca sabermos se, daquela vez, Óssip seria levado para sempre ou por alguns dias.

Quem sabe até Anna pudesse ser levada. Mesmo assim, ela ainda vinha à nossa casa. Não era uma forma de masoquismo nem a prova de uma amizade fiel, que arrisca a própria vida para ficar junto de nós. Não. Era só a vontade de estar perto, sem motivo claro. Isso e pronto. O mesmo que faríamos com ela, sem pestanejar, sem pensarmos nas nossas vidas, a coisa menos importante nessa hora. O importante mesmo era que eles não encontrassem o que buscavam: o poema sobre o georgiano imbecil, que, aliás, eles nunca encontrariam, porque Óssip nunca o escreveu em lugar nenhum. Mas pode ser que não encontrar fosse ainda pior, porque nesse caso todo o resto se tornaria suspeito, todos os versos que eles jamais entenderiam seriam indícios de contravenção, todas as metáforas obscuras seriam alusões ao regime e nossa casa se transformaria num foco de perseguição.

O certo era que Óssip tinha sido denunciado, que já tínhamos percebido a presença de espiões por toda a parte, sempre pessimamente disfarçados. Não sei por que eles ainda se preocupavam em se disfarçar, já que distinguíamos um espia só de olhá-lo de relance. Vizinhos que vinham se oferecer para nos ajudar sem motivo nenhum; porteiros que surgiam da noite para o dia e ficavam lendo o jornal com os olhos vidrados em nós; poetas desconhecidos que apareciam em casa, jurando amor a Óssip e que ficavam horas recitando poemas de cor, sem aceitar nenhuma de nossas indiretas para que fossem embora; eletricistas e encanadores que vinham oferecer serviços desnecessários; escritores que vinham verificar as condições de nosso apartamento, como se eles se importassem com isso; pessoas vindo averiguar nosso cupom de ração semanal, para saber se estávamos nos alimentando bem. O comportamento dessa gente era tão artificial que chegávamos a rir entre nós e até para o próprio espião, penalizados do amadorismo e do ridículo a que eram obrigados a se sujeitar. Por que aceitavam esse papel? É claro que havia os convictos, não poucos, que até deviam se oferecer para nos perseguir e que se sentiam realizados e dignos com o cumprimento fiel de sua missão cívica. Mas era perceptível, pelo mal-estar de vários deles, que a incumbência era mais uma obrigação do que outra coisa. Hesitavam, gaguejavam, olhavam para o outro lado, quase pediam para ser descobertos e para não dizermos coisas comprometedoras, para que nós os salvássemos e não o contrário. O que inclusive aconteceu algumas vezes, quando dizíamos coisas irrelevantes, só para que eles tivessem algo a reportar, mas que não nos comprometesse demais, e eles pudessem ficar quites com o governo. Nunca entendi por que aceitavam. Certamente diriam que era pela família, que não queriam correr riscos mais graves e que seriam eles os perseguidos se não aceitassem se disfarçar, mas essa desculpa nunca me convenceu completamente. Não tive filhos, por opção, então não posso dizer o que eu mesma faria se eles fossem ameaçados de morte. Talvez eu também aceitasse me tornar uma espiã. Mas existe certa pressa em ceder à pressão, parece que os espiões esperam que o regime dirija ameaças a suas famílias, para que eles prontamente possam se disfarçar e fazer o mal necessário. Ah, mas e a família, e a casa, a ração, as roupas, o sindicato? Está certo que eu faço parte daqueles que sofreram as perseguições mais duras, mas não entendo a expressão "mal necessário". Se é mal, não é necessário, e se é necessário, não pode ser mal.

Óssip tinha declamado o poema, já tínhamos contado inúmeras vezes, para apenas dez pessoas; uma das coisas mais idiotas e vaidosas que ele fez e que pode ter nos custado a vida. Certamente a dele. Como era possível que uma dessas pessoas tivesse decorado o poema, copiado e mostrado a alguém próximo a Stálin? E quem poderia ter feito isso? Mas aconteceu e agora o dia de virem nos visitar estava próximo. Podíamos sentir no ar espesso que respirávamos, no silêncio e também nos barulhos à nossa volta, nos telefonemas mudos que recebíamos, nas visitas inesperadas que ficavam e ficavam, nos olhares das pessoas na rua. Era insuportável.

Só chegaram depois da meia-noite, na hora em que tínhamos decidido dormir, nós no nosso quartinho e Anna na cozinha, espremida entre o fogareiro e o armário, sobre um amontoado de roupas que servia de colchão. O ovo parado em cima da mesa.

Muitos de uma vez, uniformes ocupando o apartamento, chapéus e botas, casacos até os joelhos, apertando, espremendo, apalpando os bolsos, as costas, as pernas, atrás de armas e bilhetes, documentos e dinheiro. Era a chamada operação noturna, propositalmente escolhida pelos agentes para que as coisas ficassem mais perigosas e eles pudessem se divertir um pouco mais, com algum possível risco de resistência, ao que eles poderiam reagir e, quem sabe, atirar, ferir e até matar. Era o que tinha acontecido com Isaac Babel, já doente e desarmado, mas que mesmo assim não cedera facilmente à polícia e, por isso, tinha levado uma coronhada tão violenta que acabou ficando com um buraco na cabeça até sua morte, alguns anos mais tarde.

E lá estávamos nós, também cansados, apalermados e sem resistir a nada, também diante da chance de sermos agredidos. Anna, para nós, era até uma espécie de álibi, porque eles não poderiam desaparecer com ela ou mesmo feri-la. Ela já era conhecida em todo o país e importante demais para isso.

Eram cinco. Três policiais e duas testemunhas, que ficaram sentadas, olhando, enquanto os três oficiais se distribuíam em tarefas específicas para passar a noite inteira revistando: um no quarto, um na cozinha e outro na sala. Reviraram panelas, livros, estantes, armários, tiraram todas as roupas, rasgaram, esvaziaram caixas, espalharam toda a papelada e as gavetas pelo chão, tiraram tacos do piso e o gesso do teto, arrancaram as molduras das janelas e os batentes das portas, leram cada nome, número e série em cada pedacinho de papel, todos os poemas de cabo a rabo atrás de algo comprometedor, uma palavra ou um nome, sem entenderem nada do que liam, até perguntarem a Óssip que absurdo era aquele, para ele responder: realmente, que absurdo é esse? Eu não sei de onde ele tirava a coragem para uma ironia nessa hora, mas era como se fosse algo à sua revelia; criticar era mais forte do que se proteger. O policial não entendeu a piada, graças a Deus. Sei que eu e Anna gelamos juntas, Anna sem conseguir esconder um sorrisinho bobo, nesse pacto irônico que os dois tinham contra o mundo, como se fossem conseguir mudar alguma coisa com isso. Hoje concordo com os dois. É preciso manter alguma irracionalidade, alguma infantilidade quando você está sendo perseguido sem explicação. Não é possível ficar pensando estrategicamente ou manter a seriedade ou o desespero o tempo todo. Tínhamos formas de acreditar que a normalidade era possível e, entre eles dois, espirituosos e sardônicos, o humor fazia o papel de sanidade e até de sobrevivência. Se não mantivessem o riso diante do absurdo, cederiam a ele e perderiam a pouca força que tinham, Óssip cardíaco e Anna viúva e com um filho preso.

Sem encontrarem o que buscavam, ficavam tentando encontrar metáforas em tudo: *é-me querida a escolha livre/ dos meus cuidados, dores e mágoas.* O que ele queria dizer com isso e por acaso alguém o estava proibindo de sentir suas próprias dores? Óssip suspirava.

Sentados, observávamos o movimento, pensando se levariam Óssip com eles, e se, querendo ser mais inteligentes do que eram, tentariam interpretar alguma frase de forma fatal e então iríamos todos para a polícia ou direto para algum pelotão de fuzilamento. Nisso, Anna se lembrou do ovo, ainda inteiro na mesa que eu tinha montado sobre o fogareiro da cozinha. Estendeu-o a Óssip, junto com o saleiro, milagrosamente cheio. Óssip nem se importou em oferecê-lo de volta, de dizer que ele tinha buscado o ovo para que ela comesse; com cuidado e lento, como se estivesse em algum restaurante, salgou o ovo e pôs-se a comê-lo. Nós acompanhamos aquele momento juntas, praticamente mastigando o ovo com ele, aproveitando cada segundo como se fosse a eternidade, a brancura nos salvando instantaneamente da morte; a lentidão, do horror.

Os documentos entregues, Óssip partiu com eles, a manhã clara na janela.

Devo viver, mesmo morrendo em dobro,
E a cidade enlouquecida pela água:
Tão boa, tão alegre, salientes maçãs do rosto,
Tão agradável no arado a gorda camada,
Como a estepe jaz na manobra primaveril,
E o céu, o céu é o teu Buonarroti...

Abril de 1935

2.

Dentre todos os informantes, o pior foi Erblich, um estudante de línguas e literatura, jovem e bonito, com olhos sinceramente azuis, ombros frouxos, magro e aparentemente esfomeado, que vinha nos visitar com uma frequência insuspeita, costumava avisar que viria — diferente dos outros, que apareciam do nada —, não adulava Óssip com dezenas de poemas memorizados e com o conhecimento desnecessário de toda a sua biografia, mas ficava quieto ao nosso lado, dizendo coisas sem empáfia e com uma curiosidade apenas razoável. Um rapaz confiável, e nós dois, que pinçávamos um espião à distância — Óssip chegava a me pedir que oferecesse chá, já que "eles estavam trabalhando" —, fomos aos poucos acreditando nele e, pior ou melhor, não sei, nos apegando a ele. Era bom quando sabíamos que viria. Óssip separava alguns livros, eu escolhia as folhas para o chá e ainda limpava melhor a sala e a cozinha. Erblich vem hoje, no fim da tarde. Um tipo de alento para quem tinha acabado de sair da prisão, e estava esperando a chamada para o exílio e a visita praticamente certa de outro grupo de policiais, para remexer o pouco que restara da última revista, ou de vizinhos vindo oferecer ajuda somente para ver se havia mais alguma coisa para revelar à polícia.

Erblich não deixou escapar nenhuma insinuação, nada que o incriminasse e sua admissão como admirador e amigo foi lenta e simples. Óssip não dizia nada que o comprometesse e os dois discutiam poesia armênia, as diferenças entre o sotaque de Kiev e o de Moscou, Erblich o acalmava em seus acessos paranoicos, dizendo que sim, o exílio seria inevitável, mas que, na cidade onde escolhêssemos ficar, Óssip teria mais calma para trabalhar e, quem sabe, ele até pudesse nos visitar depois de algum tempo. Óssip realmente se tranquilizava; era alguém além de mim dizendo as mesmas coisas e minhas palavras já estavam compreensivelmente desacreditadas.

Eram três os tipos de informante que nós dois categorizamos: os óbvios, pessoas mal disfarçadas que apareciam de repente, mal cumprimentavam e já iam perguntando pelo último livro e se podiam obter a cópia de algum poema. Óssip, tão obviamente quanto eles eram péssimos atores, dizia que não, não tinha nada e não poderia fornecer cópia de nada. Eles partiam e logo voltavam, insistindo, sabendo muito pouco sobre a vida e a obra de Óssip, mas jurando amá-lo. Eram recusados de novo, até que finalmente, depois de muitas insistências, obtinham um poema antigo copiado e então sumiam para sempre. Precisavam cumprir uma cota, uma espécie de meta de trabalho. Deviam ganhar alguma medalhinha e ser dispensados de tarefas semelhantes por um tempo, até serem designados para nova espionagem, que eles esperavam ser tão simples quanto aquela. Não tinham convicções firmes, não queriam se envolver em problemas difíceis, mas também não se recusavam nem sentiam peso na consciência. Talvez um pouco, mas nada que não se resolvesse rápido, com alguma justificativa banal. São a maioria, são legião e se defendem de sua falta de caráter com explicações que soam sensatas. Não havia mais nada a fazer.

O segundo tipo era um pouco mais perigoso e um pouco mais crédulo. Admiradores com mais conteúdo, escritores, professores, colegas e vizinhos. Conheciam melhor nosso modo de vida, nossos gostos e desgostos literários, às vezes até algo da nossa intimidade, sabiam puxar conversas animadas e intelectualizadas, conheciam a obra de Óssip, mas não demais e disfarçavam um tanto melhor sua condição. Nem por isso nós deixávamos de identificá-los também imediatamente. Um vizinho vinha perguntar se tínhamos um pouco de sal e já se punha a andar pelo apartamento, procurando disfarçar seu interesse se apoiando na janela ou cantando alguma canção antiga. Era patético e até me dava pena vê-lo tentando mascarar o que estava evidente em cada gesto e em cada botão do casaco. Chegávamos a inventar coisas para que eles saíssem satisfeitos e com a sensação de terem cumprido sua cota com o partido. Um deles, certa vez, com a história de que tinha estudado num madraçal na Ásia, quis entabular uma conversa sobre as diferenças entre o Ocidente e o Oriente — tema que interessava profundamente a Óssip — e, para provar sua dedicação ao assunto, nos trouxe de presente um pequeno Buda de madeira entalhada. Eu conhecia aquele Buda. Já o tinha visto às dúzias numa loja de quinquilharias e era óbvio que aquele não era original. Não sabíamos bem que comportamento adotar com alguém assim. Fingir interesse, disfarçarmos também nós ou expulsar o agente, pelo simples prazer de podermos fazê-lo? Essa última alternativa era descartada, apesar da tentação, por ser a mais arriscada. Aqueles pobres homens — e mulheres também — não mereciam uma justificativa para se vingarem de nós, para dizerem que, apesar de desgostosos com a incumbência, nos vigiar era a coisa certa. Nós suportávamos, fazíamos o possível para corresponder e oferecíamos a eles o mínimo de informações que os afastasse o máximo de casa. Éramos nós que tínhamos que consolá-los e não o contrário, contradição que a perseguição coagida impõe aos dois lados da moeda. Os perseguidos devem preencher os requisitos necessários para que os perseguidores se sintam menos culpados e possam dormir em paz, pois são eles que estão passando por uma situação difícil e não nós. Quantas vezes Óssip ouviu: não torne as coisas mais difíceis para mim.

O vigia seguinte ao do Buda chegou e, logo na porta, ofereceu outro Buda a Óssip. Dessa vez ele não aguentou: vocês não conseguem pensar num presente mais original?, e expulsou-o. Dois Budas era demais. Pior do que ser informante é ser um informante desinformado. Que ao menos estudassem direito sua matéria.

Erblich pertencia ao terceiro tipo, o dos mais perigosos, mais convictos e, provavelmente por isso, dos que melhor disfarçavam. Eram simultaneamente profundos admiradores e conhecedores da poesia de Óssip, tinham um amor sincero por ele e também pelo regime. Quase todos sabiam escrever bem, se aproximavam mostrando seus poemas e, para não gerar suspeitas, escreviam poemas na hora, trazendo aquela coisa rara que eram papéis em branco. Escreviam discursos, rabiscavam ideias e escandiam versos, tanto que acabaram sendo chamados de "escritores", e "escrever" passou a ser um codinome para "espionar". Um velho amigo e pesquisador, Jirmúnski, uma vez se referiu a um grupo de alunos que fazia um curso com ele: eles todos escrevem. E o próprio Chklóvski nos pediu que tomássemos cuidado com seu cachorrinho, porque ele também tinha aprendido a "escrever" com os jovens brilhantes que iam visitá-lo. Entre amigos, tivemos que criar outra língua, outras metáforas e mesmo essas corriam o risco de despertarem a desconfiança dos "escritores". Às vezes, duvidávamos até de nós mesmos; como se fôssemos nossos próprios perseguidores. Cheguei a sonhar que eu corria atrás de mim mesma, que me entregava para a polícia, e então me interrogava. Os alunos eram instruídos a espionar os professores e vice-versa, e as escolas e universidades passaram a ser uma fonte inesgotável de informantes, que a partir dali perseguiam uma rota de sucesso em sua carreira. Nós, os perseguidos, praticamente paramos de nos encontrar, o que fazia de nós possíveis informantes inocentes da polícia, pois cada vez que um de nós era interrogado, sem saber nada sobre o que os outros vinham fazendo, era capaz de dizer algo incriminador.

Não sei como era possível que esses vigilantes admirassem sinceramente a Óssip e ao regime, mas também não sei até hoje como quase nada é possível. Na verdade, qualquer um encontra tudo o que quiser num poema. Se quiser entender que "Não abafarei as dores, não ficarei mudo,/ Mas traçarei o que quiser traçar./ E agitado o sino do muro nu/ E desperta a quina da inimiga sombra,/ Atrelarei dez bois à voz" é um libelo contra a Igreja, assim será e então haverá teorias e livros e citações, tudo para mostrar o quanto a poesia de Óssip é, toda ela, um canto de protesto antieclesiástico e, portanto, a favor da Revolução. Já compreendi que a realidade das coisas é que se molda conforme o desejo, o gosto e a conveniência do intérprete e não o inverso e, nesse caso, tudo é possível, até acreditar na poesia de Óssip, de Pasternak, de Akhmátova e no partido ao mesmo tempo. Para falar a verdade, o caso de Pasternak é um pouco diferente, porque, depois do telefonema que recebeu de Stálin e da oportunidade que dizia ter perdido de falar o que queria, ele se transformou num obcecado e sempre voltava a esse assunto, desesperado para que

Stálin telefonasse novamente, inconsolável e praticamente incapaz, por muito tempo, de produzir uma única linha, de tanto que o episódio ocupava sua cabeça. Era isso. Stálin era uma palavra, um nome mais poderoso do que ele mesmo e até quem o odiava o amava, precisava dele e do ódio que ele despertava para poder prosseguir vivendo. Uma presença, uma onipresença como a que ele conseguiu estabelecer, não é algo de que se possa escapar facilmente. Não basta desejar e buscar afastar-se dele. Sua voz, uma vez ouvida, penetra as paredes do lugar onde você tenta se refugiar; sua figura, ou melhor, seu vulto cobre os céus do país e aonde você for se sentirá perseguido e amado por ele, um pai severo, acolhedor e também infantil que te arranca um pedaço e se oferece para devolvê-lo, sob algumas condições. Você prontamente atende e fica eternamente agradecido, mesmo se com o pé atrás.

Não sei em que momento de uma das visitas frequentes de Erblich, tanto Óssip como eu sentimos cócegas de desconfiança. Pode ser que tenha sido até pelo excesso de confiança criado, coisa que não vivíamos havia muito; pode ter sido uma palavra, um olhar flagrado para o lado, um movimento labial para baixo, os dentes apertados num sorriso duro, a forma como ele manipulava uma caixa de fósforos ou o suor na hora de apertar as mãos. Nada concreto ou que nos permitisse uma certeza. Mas é estranho e revelador: em todos esses anos, já sei que quando uma franja começa a crescer na alma, ela engorda e vai ampliando seu território, introduzindo-se no corpo, nos pelos, nos ouvidos. No início Óssip mal podia dizer que havia algo estranho; eu tentava negar, mas tinha dúvidas e assim passamos nós a vigiá-lo, os informados vigiando o informante e a encontrar pistas dos seus possíveis interesses até onde não havia. Posso me servir de mais uma xícara? Trouxe um pão feito por minha mãe. Conhece a poesia de fulano? Creio que em Tachkent vocês poderão descansar melhor. O que a mãe sabia, por que falava de Tachkent, o que havia dentro daquele pão? Óssip instintivamente passou a tratá-lo de forma mais distante, ao que ele reagiu mal, sem esconder certa revolta, algumas palavras mais ríspidas, até termos certeza absoluta de que ele era o que nos levaria para o pior destino, o pior exílio e a pior confissão.

Depois dessa traição sofisticada — aliás, não foi uma traição, porque desde o começo Erblich sabia o que queria conosco — nunca mais Óssip conseguiu confiar em ninguém, exceto no meu irmão e no seu. E em Anna, que ele só chegou a ver outras poucas vezes até a morte. Quanto mais alguém como Natália, Konstantin, o sapateiro Kossóvski, quanto mais as pessoas se aproximavam, correndo perigos e confrontando as autoridades, mais ele desconfiava. Eu dizia que não havia motivo, que ele estava enganado, mas era inútil. Erblich abriu em Óssip uma ferida da qual ele nunca se curou.

Acho que sei lidar com a raiva e o ódio. Perdi a vontade e a força de senti-los; dá muito trabalho e não resulta em nada. Eu poderia ter me tornado a própria amargura, as oportunidades foram mais que fartas, mas fui aprendendo a deixar passar. Senti muito mais raiva de pessoas de quem eu gostava que de Stálin ou Molotov. Mesmo entendendo a razão, não suportei que a mulher de Pasternak tivesse nos pedido que parássemos de visitá-los. Senti um ódio além de mim, descomunal para o meu tamanho e o dela. Pior ainda quando um dos irmãos de Óssip vendeu a maleta da mãe num jogo de cartas e seus companheiros enrolaram vários poemas guardados ali e os queimaram em forma de cigarros.

Mas isso foi antes. Quando Óssip era vivo e eu tinha com quem compartilhar o ódio, sentimento que precisa de companheiros. Quando Stálin também era vivo e eu podia concentrar nele o desprezo que sentia por todas as pessoas existentes, eu precisava da sua imagem pendurada em cada sala para ter um alvo fixo de descarga. Eu mesma era mais jovem e tinha mais energia para tudo o que a raiva exige. Mas as grandes dificuldades foram se sucedendo, não mais aquelas cotidianas, a iminência da morte foi se tornando real e depois que ela efetivamente veio, eu desisti. Não me entreguei, no sentido de deixar que me levassem, de dizer o que eles queriam, isso não. Mas parei de sentir. Raiva, pena e medo. Desdém, pode ser, mas nada muito exagerado.

Erblich foi um marco na engrenagem emocional de Óssip e na minha. Como se tivessem fincado um prego na máquina e ela nunca mais pudesse funcionar direito; ela engripa justamente nesse lugar e o resto fica riscado. Um soluço na memória, um corte nas amizades que fiz e fizemos desde então. Óssip, que jamais teve a ventura do ódio, nunca mais confiou em ninguém. E eu, pobre raivosa, perdi a vontade de sentir raiva, mas também de não senti-la. Se me quiserem assim, que seja. Se não, amém.

3.

Depois da primeira tentativa de suicídio, Óssip tinha certeza de que viriam matá-lo a qualquer momento no hospital. Em alguns dias, esse "qualquer momento" deixava de ser indeterminado e ganhava hora certa. O delírio era preciso, tanto quanto a obsessão, tão convincente que chegava até a nos convencer, a mim e a Natacha, a enfermeira em Cherdin, no hospital onde ele passou quase duas semanas. Ele sabia perfeitamente quem era inofensivo, como os camponeses que circulavam pelos corredores, e quem era suspeito, quem eram os "outros". A escolha parecia aleatória, mas ele tinha um sistema rígido de seleção, análise e decisão, que não compartilhava conosco. Ele apenas sabia. Os camponeses, tendo sido transportados sem segurança nem cuidados, perambulavam por todos os lados, cheios de escaras abertas e barbas enormes, e Natacha chegou a dizer que daria sua vida por eles, o que imediatamente fez com que Óssip e eu passássemos a confiar cegamente nela. Ela me recomendou botas forradas para o inverno e que nós plantássemos algo, porque haveria carência de comida. Piada, já que nem que eu tivesse dinheiro conseguiria as tais das botas e, como nem tínhamos conseguido uma banheira para dormir, pensar em plantar batatas ou repolhos era risível.

Eu não acreditava mais que o delírio de Óssip pudesse diminuir, muito menos terminar. No meio de um afastamento tão grande da realidade, é impossível imaginar que um dia as coisas vão voltar a ser como eram antes. Não vou usar a palavra "normal", porque é a última palavra que eu poderia pronunciar. Mas imaginar que voltaríamos a, não sei, tomar chá, conversar sobre Stravínski ou tentar falar ao telefone com Aleksei e então reclamar do péssimo serviço de telefonia.

Achava que nunca mais ele sairia do hospital ou que nunca mais deixaria de temer qualquer pessoa que não o olhasse de frente e que eu, por isso, precisaria para sempre encontrar novas estratégias para mantê-lo vivo. No fundo, quando você vive ao lado de uma pessoa paranoica, você também é obrigado a sê-lo, porque não é mais possível enxergar as coisas simples, uma roupa, uma panela, uma galinha. Você acaba se tornando ainda mais medroso do que o doente, porque teme pelo temor dele. E é por isso que eu precisava tanto de alguém e essa pessoa era Natacha, que, não sei muito bem por quê, se apiedou de nós dois. Era magra, com o rosto de uma intelectual do século XIX, os óculos caindo no nariz, e parecia que precisava nos ajudar. Me assegurava, assim como outros exilados, que Óssip ficaria bem, que seu delírio era esperado para quem passou pela polícia.

O aprendizado era: "Não espere nada e esteja pronta para qualquer coisa". Assim seria possível manter-me lúcida e ajudar os outros a se manterem lúcidos também. Se posso dizer que aprendi mesmo alguma coisa que tenha valido a pena nesses anos todos, algo que eu possa ensinar para quem vem me visitar, é a não ter esperanças ou, pior ainda, a não alimentar esperanças, uma metáfora estranha que se habituaram a usar, como se a esperança tivesse fome. E ela tem mesmo.

A esperança quer engolir todos e ficam todos vivendo para alimentá-la, até que ela engorde, se torne obesa, exploda e seus cacos se espalhem por aí, para que todos fiquem catando pedacinhos, restos de esperanças engorduradas, e continuem alimentando-os e o processo nunca termine, a esperança nunca se transforme em realidade e só faça esvaziar e desnutrir quem a abastece. Talvez seja essa a razão para terem me dado esse nome ou talvez esse nome seja a razão da minha incompatibilidade com ela. Mas não; foi o excesso dela que me fez detestá-la. Não esperar nada é o que de melhor alguém pode fazer contra qualquer tipo de opressão e só assim fui capaz de sobreviver a tudo.

No nosso caso, a ordem dada pelo Kremlin era "isolem mas preservem", três palavras que me acompanham até hoje, todos os dias, em muitas situações diferentes.

Eu sempre me perguntava se isso era bom ou ruim. Significava que teríamos privilégios ou que seríamos ainda mais torturados? Eu não sabia. Podia ser uma frase enganadora, que nos manteria agarrados a uma esperança, mas que justamente por isso nos arrastaria por mais tempo, cada vez mais enfraquecidos, até que morrêssemos por conta própria, sem que o regime tivesse que mexer uma palha para nos exterminar. Como preservar e isolar ao mesmo tempo? Era uma frase contraditória e, justamente por causa dessa ambiguidade, eu achava que ela poderia nos proteger de algo pior. Mas pessoas em condições semelhantes, e Cherdin era um vilarejo lotado de exilados, me garantiram que ela não significava nada, além de mais uma frase para desviar o foragido de sua condição real.

Num dos delírios mais obstinados de Óssip, naquela sua

paranoia sistemática, ele nos garantiu que, naquele dia, a polícia viria matá-lo às seis horas da tarde. Ele alternava calma diante da morte e uma tensão enorme, chegando a gritar e gemer, pedindo que eles chegassem logo, porque ele não estava suportando esperar. Nós perguntávamos como ele sabia o horário exato e ele só dizia saber, ele sabia, era certo, eles não se enganavam, gostavam de torturar com pontualidade, não viriam de manhã justamente para deixá-lo esperando. Mas como eles o matariam? Com uma arma, é claro. Mas dentro do hospital, na frente de todos os outros? Ele não sabia tantos detalhes, se o levariam embora ou se seria lá mesmo, mas isso não tinha tanta importância.

Natacha e eu, praticamente sem combinarmos nada, entendemos que o melhor a fazer, perto do fim da tarde, era mudar os ponteiros do relógio. Como Óssip não fazia ideia das horas, naquele estado de agitação, mostramos, sorrindo mas bem firmes, que já passava das sete e eles não tinham vindo. Ele nem pestanejou. Não disse que isso era proposital ou que eles estavam atrasados para torturá-lo ainda mais, e nem desconfiou que nós tivéssemos alterado as horas. Não imaginou um conluio entre nós duas. Simplesmente aceitou, se acalmou e disse que tinha se enganado. Isso o ajudou a se curar mais rápido e a se dar conta do delírio.

Essa mentira infantil e necessária criou um vínculo que eu poderia até chamar de amoroso entre nós. Um acerto silencioso, em que nós duas concordávamos que ficar caladas era o melhor que podíamos fazer por ele e uma pela outra.

A enfermeira foi presa e levada para Kolimá, certamente pela ajuda abnegada que prestava a todos. Era uma pessoa rara, visivelmente intelectualizada, mas nem um pouco menos livre por isso, como acontecia com tantos intelectuais que conheci, que se desculpavam de sua inação medrosa com sua erudição e alto conhecimento de filosofia. No final, seu destino foi ainda pior do que o nosso, pois tudo o que ela fazia era ajudar os perseguidos, sem ter feito nada para merecer uma acusação. No campo de refugiados ela contou a história do relógio em detalhes para uma amiga escritora que, depois de vinte anos presa, voltou à sua cidade, onde recebeu um apartamento no mesmo prédio de Anna Akhmátova, onde, por acaso, eu a encontrei e onde ela, ainda por acaso, me contou a história que a enfermeira tinha contado a ela. A da mudança dos ponteiros do relógio. Natacha morreu doente no campo.

Mudamos os ponteiros do relógio e, algum tempo depois, ela morreu. Eu estou viva, fiquei sabendo dessa história por acaso — coincidências, aqui na Rússia, nunca são exatamente coincidências — e estou o tempo todo ainda tentando mudar os ponteiros. Não tenho mais relógios grandes como aquele do hospital, não consigo alterar as máquinas dos relógios de pulso ou de mesa, mas sigo tentando. De alguma forma, essa história ter voltado até mim, ela ter contado tudo a uma companheira de prisão, mostrando o quanto essa brincadeira tinha sido importante para ela, é também um jeito de continuar mudando os ponteiros. As histórias que voltam e vão, agarrando-se sozinhas às pessoas, precisando continuar, circulando pelo mundo em versões diferentes, é isso que garante que o tempo passe ou não passe e que eu continue aqui, contando coisas que não dependem tanto de mim, mas sim eu delas.

Óssip se foi e a enfermeira também, mas eu não. Ou o contrário. Eu é que parti e eles continuam aqui, porque minha presença desse lado da morte é ouvir as histórias sobre eles que chegam até mim e então contá-las. Eles ficam, eu desapareço. Não sei quem está e quem não, manipulo o tempo o tempo todo para que eu também não enlouqueça.

4.

"À frente só aflição,/ E mais aflição atrás.../ Fique um pouco, sente/ Pelo amor de Deus, fique mais." O inverno em Vorónej foi especialmente duro naqueles três últimos anos. E o frio, para um exilado à espera da morte, é uma caneta sem tinta espetando o papel, o bico de um pássaro esfregando um caco de telha. Óssip repetia esses versos, como se eles aliviassem a sensação de frio, minha e dele. Eu tentava não reclamar, para não agravar as coisas, mas à noite eu gemia e meu corpo falava mais alto que minha decisão. Ter alguém com quem sentar, passar a noite conversando ou simplesmente ficar em silêncio já era muito, já que praticamente ninguém, a não ser duas ou três pessoas, sequer olhava na nossa cara, particularmente depois da descoberta dos assassinos de Kirov e dos julgamentos que se sucederiam, dando início a mais uma temporada de terror. Pelas ruas as pessoas viravam o rosto, não nos cumprimentavam, fechavam as portas das lojas quando percebiam nossa aproximação. E nós, mesmo sabendo que nos atender ou falar conosco era arriscado — o que nos fazia aceitar as coisas um pouco mais —, ainda assim nos sentíamos como portadores de uma doença infecciosa, um pouco loucos e um pouco criminosos e o frio ficava mais penetrante, os casacos menos quentes.

Dois atores da Companhia de Teatro vinham trazer comida e paravam para conversar. Eram os únicos. Talvez por estarem passando por coisas parecidas, talvez por serem atores e entenderem um pouco melhor a perseguição e a marginalização ou o quanto a vida inteira é uma pantomima, inventada por uma burocracia investida de um poder mágico, silenciosa em suas determinações, impondo vida ou morte a quem ela quisesse, ou, ainda pior, nem a vida nem a morte, mas situações intermediárias de dependência e suspensão. A brincadeira era essa e tenho certeza de que nós éramos mesmo uma fonte de diversão para a polícia, que devia — apesar de tão séria na obediência aos ritos — rir da nossa submissão a carimbos e assinaturas, nós, sempre tão resistentes e ainda mais Óssip, orgulhoso da sua insubordinação, com o porte ereto e o nariz sempre apontando para a frente.

Você é um padre ou um general?, as crianças perguntavam, e Óssip respondia ser um pouco dos dois.

De todas as instituições culturais, o teatro havia sido o menos afetado e talvez por isso os atores se sentissem um pouco mais seguros em nos visitar. Aglaia precisava sempre sair para trabalhar, tinha pouco tempo para ficar conosco, nós que, naquele último inverno, mal saíamos de casa. Por isso, passamos a frequentar a casa da sua mãe, que, mesmo conhecendo todos os riscos, nos recebia com tudo o que tinha na despensa: manteiga, mel, pão, geleia de frutas, um pouco de salame; coisas que não víamos e muito menos comíamos fazia muito tempo. Sinceramente, não sei o que eu mesma faria se estivesse no lugar dela; provavelmente o mesmo, não sei ao certo.

É engraçado, mas quando se dá pouco valor à vida, isso pode explicar receber duas pessoas perseguidas. E quando se dá muito valor também. Talvez as duas coisas sejam, na verdade, uma só e apenas aqueles que não se importam muito com a vida é que possam realmente se importar com ela. A mãe de Aglaia, apesar de ela mesma advertir a filha dos perigos de encontrar-se conosco, nos recebia como príncipes em sua casa simples, desobedecendo a si mesma. Creio que deve ser assim com aqueles que não pensam que a vida é uma honra ou uma grandeza preciosa. Desobedecem à lógica e às convenções e sabem que não há muito a guardar dela, a não ser um gesto como receber duas pessoas ameaçadas. Em anos como aqueles — hoje as coisas são um pouco diferentes — só dava um valor muito grande à vida quem tivesse muito a perder ou a temer, ou seja, quem estivesse comprometido com o regime. Os outros, todos nós, sabíamos que tudo não passa de farsa ou de um gole de chá com mel e limão.

Óssip, para se proteger, vestia um casaco de pele de guaxinim, que ele tinha comprado de um padre arruinado, porque o padre precisava comprar pão e Óssip precisava se aquecer. O casaco era comprido, quase até os pés, avermelhado e todo comido pelas traças; Óssip parecia um cossaco vestido naquilo, deselegante e esquisito, se sentindo fora do seu mundo. Mas era quente. Mesmo assim, alguns começaram a dizer que nós éramos uns aristocratas, que não éramos "um deles", que nosso exílio era privilegiado, que devíamos ter partido junto com os outros. O casaco era apenas um álibi para que eles externassem o desconforto em ficar perto de nós. Mas ainda conseguíamos rir disso, porque, algum tempo depois, o próprio Óssip vendeu o casaco "aristocrático" para Príchvin, que o usaria como colchão num canto que ele conseguiu arranjar para dormir.

Com nossa torradeira aconteceu algo parecido e ela foi

tachada de burguesa pelos vizinhos, que viam nela uma fonte de conforto supérfluo e uma suposta prova da nossa origem social. Também ela havia sido um presente, uma herança de uma antiga moradora e, não sei bem por quê — já que não tínhamos pão para torrar —, fizemos questão de levá-la conosco para Vorónej. Acho que foi uma forma de acreditarmos que, protegidos pela frase "perseguidos mas preservados", nós conseguiríamos encontrar o pão que não tínhamos em Moscou. E, afinal, não fazia sentido levarmos somente coisas úteis para o exílio; era importante que também levássemos nosso pouco luxo, coisas que nos identificavam tanto quanto o resto. Íamos de lá para cá carregando a torradeira e até hoje eu a tenho comigo, graças a Deus, porque agora posso torrar pães que quase não como e posso lembrar de coisas que faço questão de esquecer, sem conseguir. Óssip se foi, a torradeira ficou, o casaco não sei. Deve ter virado cinza, fumaça, retalho que hoje serve de enchimento em algum travesseiro.

Pinicam as pestanas, grudam no peito as lágrimas.
Sinto sem pavor, a tempestade virá.
Um estranho me apressa a algo esquecer.
Abafado — ainda assim até a morte quer viver.
Do catre solevado ao primeiro som emitido,

Estranho e sonolento ainda desconfiado,
Assim o sobretudo canta a áspera canção
À hora em que, qual risca, a aurora ergue-se sobre a prisão.

Março de 1931

5.

No ônibus lotado, uma mulher mais velha foi obrigada a me empurrar com força e meu braço teve que aguentar praticamente todo o seu peso. Ela se desculpou e eu disse que não tinha importância. Somos duros como o diabo. Ela riu: somos duros como o diabo.

Aos poucos, um depois do outro, todos os passageiros começaram a repetir: somos duros como o diabo, somos duros como o diabo, uns mais alto, outros baixinho, uma gritando, outro rindo, mas o ônibus inteiro em uníssono, como um coro inofensivo porém resistente que, com essa frase, sustentaria um império, deteria um exército e implodiria um regime. A força vinha da própria maneira casual como dizíamos aquilo, da inutilidade de repetirmos, da certeza de que assim que o ônibus parasse, tudo cessaria e esqueceríamos de tudo, como se tivesse sido um sonho conjunto, um cântico desentranhado não só de quem estava no ônibus, mas de toda a Rússia, de todos os cantos, de todas as pessoas nos campos e nas cidades, dos trabalhadores e das avós, das crianças e dos funcionários públicos. Foi bonito e rápido e eu me senti poderosa, afinal tinha começado tudo inocentemente e, como um rastilho, a frase se espalhou, porque era o que todos queriam dizer. Ela se ofereceu aos passageiros, como se estivesse pendurada nos letreiros, cruzou o corredor encantando a cada um, que, talvez à revelia, a aceitou e ecoou, seguindo um flautista de Hamelin que passava.

Somos duros como o diabo, só o diabo sabe como somos duros, duros como o diabo nós somos, como o diabo nós somos duros. Nem sei se o diabo é duro, talvez seja mole e sem graça, mas disse isso porque não encontrei um nome melhor, diante de tudo o que aguentamos, de tudo o que aguentei.

Sempre penso que não tenho ideia, ninguém tem, do que passei realmente. A tendência do corpo é esquecer, ou se adaptar, e adaptar-se também é uma forma de esquecer. As mãos, as costas, as pernas, o pescoço, os ombros, os pés, o estômago, na verdade são eles que comandam o cérebro e não o contrário, como se pensa.

Vi Óssip ser perseguido até a morte e o acompanhei. Passei fome, suportei sua loucura e paranoia, fui traída por amigos, seguida na rua, recusada em inúmeros empregos, trabalhei de dia e de noite, pedi esmolas, adoeci, quis morrer. E onde está tudo isso agora? Não sei. Sou dura como o diabo. Se viessem me pegar para me interrogar, me torturar e até matar, eu aceitaria. Nem sei do que sou capaz, já que há muito tempo não temo mais por minha vida.

Agradeço todos os dias por não ter tido filhos, decisão que Óssip e eu tomamos quando ainda era possível pensar sobre isso e sabíamos que filhos nunca combinariam com nossa vida nômade, da qual não queríamos abrir mão. Não queria, agora, ter um filho para me consolar, quando na verdade eu é que teria que consolá-lo da minha morte próxima. Acredito que encontrarei Óssip em algum lugar e isso é suficiente.

Uma noite acordei de madrugada e vi Óssip em pé, à beira da cama, com a cabeça apontando para trás e as mãos abertas. Ele mostrou a janela e disse: não está na hora? Vamos, enquanto ainda estamos juntos. Eu disse que não, que ainda não era hora. Não tenho certeza se não teria sido melhor, exceto pelos poemas que eu não poderia sussurrar, que não seriam publicados e que ninguém mais ouviria. Por que faço tanta questão de guardá-los e de lembrar deles, por que quero que todos conheçam e leiam esses poemas? Porque sou dura como o diabo. Talvez seja teimosia; sou briguenta, ele também era. Os poemas é que decidiam vir a ele, assim como a frase no ônibus e eu não tenho o direito de deixá-los sumir, porque assim como o corpo se adapta à dureza, também o som do poema quer ficar, porque o som é sua origem, foi a música que os fez nascer e escolheu Óssip para que ele os dissesse. Não tenho escolha. Como a alegria é para muitos, minha tristeza é que é luminosa.

O terrível é ouvir gente dizendo que "tudo foi uma necessidade histórica", como disse um passageiro no trem até Vorónej. Posso suportar tudo o que passei, posso suportar ter esquecido o que queria lembrar e ter lembrado o que queria esquecer, mas não posso escutar essa frase, repetida por uns quantos intelectuais, não sei se inconformados até hoje com o fracasso ou se limitados em sua suposta inteligência, para não dizer outra coisa. Perguntei a ele qual era a tal necessidade histórica. A história opera por necessidade e acaso; era necessário que as coisas parecessem ter dado errado, para que outras coisas pudessem ser implantadas. O aspecto social da Revolução não era o mais importante, mas a indústria e a economia, porque cuidando delas, aí sim poderia haver igualdade de classes. Stálin foi um acidente necessário, seu caráter não estava à altura da sua missão. E Marx já dizia que até mesmo os acidentes ocorrem por necessidade histórica.

Faça-me o favor. Ou eu estudei tudo porcamente ou Marx é que estava enganado nisso ou você não sabe interpretá-lo, tive vontade de dizer, mas não disse, porque não tenho estômago para discutir com intelectuais; não tenho interesse nenhum em ganhar a discussão, não iria ganhá-la e ainda seria humilhada. Não me importa o que está racionalmente certo, mas o que sinto como certo, porque *eu, eu* vivi o que ele chama de necessidade histórica.

Um acidente não pode ser uma necessidade histórica. Eles só dizem isso *depois* de as coisas terem acontecido, depois de você ter perdido um irmão ou um filho, depois de tua casa ter sido saqueada e queimada, depois de você ser submetido a uma descoletivização que te leva a passar fome pelas ruas da cidade. E os intelectuais desse tipo gostam de dizer as coisas depois. Teorizar é coisa para analistas e observadores, que estudam o passado e concluem que, se Stálin não tivesse feito tudo o que fez, outro teria feito, porque tudo foi necessário. Senhores do destino imaginado, os teóricos se esbaldam nas justificativas que cabem em suas cartilhas. São exatamente o contrário dos poetas, como Óssip, que extraem suas palavras de uma aranha rastejando, de um pintassilgo amarelo e branco ou da fome roncando no estômago. E também dos eletricistas, das cozinheiras e dos professores, para quem a necessidade é um quilo de farinha e a história não passa de passado. Ninguém quer se sentir nem se sente parte da história, e nem deveria; quando isso acontece, é porque a pessoa saiu da sua vida e passou a fazer parte da vida de outros, da dos políticos, por exemplo, ou de uma causa, ou de um pensamento. E, pensando bem, achar que se não fosse esse, teria sido outro, porque o que aconteceu era inevitável é a mesma coisa que acreditar no destino grego, nas moiras ou na roda da fortuna.

Ao mesmo tempo que vivo sussurrando e vivo para sussurrar, também aprendi a gritar; pouco, mas bem. Já ouvi pessoas dizendo que gritar é humilhante e Anna nunca grita, mesmo vivendo coisas bem piores do que eu. Vassílissa, mesmo tendo ficado tantos anos presa, também não grita. E os homens, então, para eles gritar é uma heresia. Se Óssip me ouvisse agora, quando eu abro a boca e falo: sou dura como o diabo, ele não falaria comigo por alguns dias. Mas não me importo. Mesmo sendo uma coisa selvagem, acho que é algo que resta da dignidade humana — gritar. É uma maneira de deixar uma pegada, de mostrar de que forma eu vivi e de que forma vou morrer. Tomara que eu possa morrer gritando e não quieta, na cama, enquanto as pessoas me elogiam por ter sido tão estoica, a vida inteira aceitando as coisas como elas são, lutando pela vida de um homem e da sua obra. Quando eu não podia gritar, eu fiquei realmente calada; não sou idiota. Mas agora que posso, grito porque sinto nessa voz a afirmação da desobediência, a mesma que a mãe de Aglaia praticou quando nos ofereceu comida em Vorónej.

Se eu ficar quieta, vou ser consumida pela palavra "Revolução", assim como todos foram, inclusive Óssip, que, quando os estados de delírio ameaçavam voltar — e alguém que sofreu um trauma de tortura nunca se recupera completamente —, dizia que não queria que a Revolução passasse por ele sem incluí-lo. Essa palavra, que usaram para nos enganar, que engana tantos povos com a mesma finalidade, é ainda mais poderosa do que as prisões e até do que as mortes. Por ela faz-

-se qualquer coisa e mesmo os que são contra ela querem fazer parte dela, porque ela está acima da história e dos acontecimentos, acima do sofrimento e do horror, ela é gloriosa e triunfal, transformando os homens em heróis ou, ainda mais que isso, em transformadores do humano. Ela abraça o povo e faz as pessoas se sentirem aninhadas numa colcha calma e aconchegante, onde tudo será provido, e o que não for, não o terá sido por alguma boa razão. Morrer, assim, é até bom, porque a mãe Rússia sobreviverá pelo seu sacrifício. E como o sacrifício é atraente!, nem eu posso negar, eu que quero afastá-lo de mim, que não quero viver nem morrer por nada. O sacrifício dá sentido ao que não tem sentido e a Revolução agita a tal ponto a alma que esta convence o corpo que ele não está passando fome, que a família não foi expulsa de casa, que o futuro será melhor — a doença da esperança é a doença da palavra "Revolução". Até hoje ouço críticos de Lênin, de Trótski e, claro, de Stálin se referirem a tudo como frutos da Revolução, ou às coisas como uma revolução malsucedida, o que confere nobreza ao insucesso. Ah, mas ainda é possível salvar isso aqui, aquilo ali, isso mudou, você precisa reconhecer. Estão doentes. De onde só se pode salvar alguma coisa, o que aconteceu não foi uma revolução, mas uma guerra.

6.

É. Pintora. Eu queria ter sido pintora e não fui. Por que não fui? Porque Óssip não queria e eu, eu queria o que ele queria. E Óssip não queria porque, por que nem sei, mas acho que ele me queria inteiramente dele, queria que eu me dedicasse a ouvir e escrever seus poemas, a suportar suas infidelidades suportáveis, a estar em casa quando ele chegasse, queria me ter como alguém que pudesse ficar atrás, do lado, por baixo dele. Às vezes acima. E eu aceitei, não sei por que aceitei, mas não me arrependo. Até disseram que eu teria futuro pintando, que podia entrar para alguma academia, sair daqueles cestos de frutas repetitivos, ir no caminho das vanguardas, pintar formas geométricas, pintar sobre a pintura, coisas de que eu poderia até vir a gostar um dia, depois que praticasse mais maças, laranjas e mamões. Nunca acreditei nisso. Fiz uns retratos e autorretratos também. Me pintei com a boca grande, roxa, o batom escapando longe dos lábios, o nariz saliente e empastelado, pedindo socorro, o queixo quadrado e verde, ranzinza e os olhos amarelos saltados, escorregando para as bochechas. Tinha dezenove anos, a idade em que conheci Óssip. Fomos para o meu quarto, os quadros margeando a cama, e, durante o amor, eu o vi olhando para as telas, fazendo caretas boas e ruins, como era hábito dele, rindo e me beijando, como se eu já fosse para sempre sua menina, seus olhos, seu perdão.

Logo viemos a passar quase dois anos separados, nos escrevendo diariamente e, nessas cartas, ele perguntava o que eu estava pintando — eu pintava como uma louca — e eu dizia que era o rosto que eu lembrava, o relógio de pulso velho com o vidro quebrado, o beijo bravo, pintado como um pássaro se chocando contra uma janela, o nariz grande, vermelho, as narinas abertas e azuis, as cores do mundo aguardando o que viria, sua chegada, meu consolo. Era como amar um herói da *Ilíada*, como amar um dançarino enquanto ele dança, como dedilhar o mapa de uma ilha desconhecida para onde você sabe que irá algum dia. Pintar era uma forma de tê-lo e, talvez, depois que ele chegou e nós nunca mais nos separamos, nem no exílio, na fome e no frio, eu não tivesse precisado mais pintar, porque já havia pisado naquela ilha do Pacífico Sul onde moram pigmeus esverdeados que pescam algas pegajosas. Eu tinha tudo, mesmo quando não tive nada, nem mesmo o amor dele: empacotei todas as minhas roupas, fiz as malas e saí de casa; fui morar com amigos; morei com ele e sua amante; fui expulsa e ridicularizada e o ridicularizei também. Cheguei a humilhá-lo de raiva e vingança, ri da cara dele e disse que não copiaria mais seus poemas. Ele implorou que eu voltasse, que ficasse com ele, dizendo que eu era a luz dos seus olhos.

Chegamos uma vez a Vorónej, à noite, caía uma tempestade, não havia carros para nos levar até nosso quarto, as carroças não passavam àquela hora e com aquele tempo e ele insistiu que fôssemos a pé. Ele era cardíaco, tinha angina, nós não estávamos suficientemente agasalhados e a distância a percorrer era grande. Eu não queria. Eu mesma estava cansada, preferia dormir sentada no banco da estação ferroviária, já tinha feito isso tantas vezes, mas Óssip insistiu e fomos caminhando no escuro, a respiração ofegante e as luzes das casas se apagando à medida que os moradores nos viam pela janela e ficavam com medo de que parássemos e pedíssemos abrigo ou carona. Chegamos ao quarto úmido, Óssip quase morto e eu ocupada em protegê-lo, mas me sentindo morta e com raiva daquela teimosia. Poderíamos os dois morrer ali e tudo teria sido vão, nossos caminhos, seus poemas e o sacrifício. Havia algo de martirizante em todos nós, exilados políticos, parecia que precisávamos sofrer além do necessário, como se isso fosse uma forma de vingança patética, mas mesmo assim vingança, como se pudéssemos, com nossa morte miserável, cobrar do Estado a sua parte. Como se oferecêssemos, a quem nos negava amparo, a paga por essa recusa. Mas eu, definitivamente, não queria morrer, nem queria que ele morresse, ainda mais do coração. Era pouco demais e eu ainda acreditava numa solução, afinal me chamo Nadejda. Mas é que quem passa por isso com alguém, não sei dizer, faz de tudo, faz qualquer coisa, passa a ser o que não é e a não ser o que é. Acredito que Óssip, embora não pareça, também tenha deixado de ser e de fazer coisas por mim. Será? Não, o que eu deixei de ser já bastou para ele, era a conta necessária.

Nesta solidão repetitiva de agora, penso nas telas jogadas no lixo e em como gostávamos de pintura, nós dois. Pode ser que ele temesse meu sucesso, e eu também. Para mim, não havia chance de chegar a lugar nenhum, então não havia motivo para temer alguma concorrência. Mesmo assim, sei que Óssip não gostaria nem mesmo de um pouco de reconhecimento, que ele se sentiria ameaçado por qualquer possibilidade de eu obter prestígio. E eu, que fiz parte de uma geração que desprezava o casamento e a fidelidade — em grande parte da boca para fora, admito agora —, para quem o feminismo não era uma causa, mas uma necessidade a que nem tínhamos dado um nome e que praticávamos porque era assim que pensávamos, eu não só aceitei, mas embotei minha paixão ainda inocente pela pintura. Joguei fora, uma a uma, as telas: meus retratos, os dele, as naturezas-mortas com pêssegos — minha última conquista, pintar pêssegos —, as paisagens da Kiev antiga, com suas ruas europeias e meus sonhos esquisitos de uma terra nova. Não foi tudo num único dia, mas ao longo de algumas semanas, quando decidi que pararia com aquela "bobagem", como Óssip dizia. Ia até o lixo e depositava uma tela, tremendo de certeza e de incerteza, olhando o verde se misturar ao cinza e às sacolas com restos de comida. Foram para onde mereciam estar, se desfazendo na atmosfera.

Quando o conheci, eu costumava circular pela cidade com uma turma de pintores, dentre os quais alguns que depois se tornaram até famosos. Era bom afanar temporariamente os pincéis enormes dos pintores de rua e com eles pingar borrões de tinta em telas grandes que estendíamos na calçada para brigarmos por alguma causa, em que arte e política eram sempre a mesma coisa. Os rapazes, junto com os superintendentes dos blocos de apartamentos, todos eles bolchevistas bravos e alegremente mal-educados, invadiam os apartamentos e iam direto abrir as janelas, usando os enfeites burgueses como apoio, para estender as faixas pintadas sobre os terraços. Nós, as garotas, não participávamos desses protestos noturnos e só ouvíamos as histórias na manhã seguinte, rindo do medo dos inquilinos diante da invasão inesperada daquela turba de jovens felizes.

Pintei frutas fálicas para a peça de Mardjánov, em painéis que erguíamos orgulhosos enquanto o público gritava: "Todo o poder aos sovietes", depois de assistir aos camponeses lutarem contra o dono de uma fazenda e conquistarem seus direitos. Voltávamos para casa sem vontade de chegar, cobertos de pétalas de rosas, rindo de nós mesmos e eu rindo de mim, sem saber o que tinha feito nem por que estava lá, mas contente com minha ignorância.

Foi num bar chamado Junk Shop que eu o vi, ele me tirou para dançar, nós nos apaixonamos, soubemos que viveríamos juntos para sempre e acho que foi lá também que começou minha desistência lenta da pintura e de tantas outras coisas das quais fui desistindo durante minha vida.

Óssip não era o marido ideal e eu também não fui a esposa perfeita. Ele me impediu de ser e de fazer algumas coisas que eu talvez quisesse, não tenho certeza. Mas o que eu queria, o que eu quero? Se aceitei sua autoridade — não sei como chamar isso —, foi porque de algum modo sabia o que estava fazendo, não entrei nisso como um cabritinho medroso. Eu realmente me sentia menos importante que ele e achava que devia dedicar meu tempo a segui-lo por toda a Rússia, sem conforto nenhum — e eu me importava muito mais com roupas, meias, um colchão, um travesseiro, um banho quente do que ele — e sem garantia de que no dia seguinte teríamos onde pousar. Talvez eu esteja errada, profundamente errada, mas não vou me dedicar a julgar minhas atitudes, se estou em paz com o que fiz. Não ligo para saber se estou certa, se outras mulheres vão dizer que um homem como ele não podia ter me submetido a tais condições. Só sei que, vivendo perseguidos e Óssip sendo quem era, foi isso que pude fazer e, naquele momento, poder fazer e querer fazer era a mesma coisa. Se eu pude, era também o que queria. A liberdade não é só fazer o que se quer, mas também fazer o que se deve e eu nunca duvidei do meu dever: viver para ele e para os seus poemas. Ele já não está aqui e eu continuo fazendo a mesma coisa. Estou falando de mim, mas só fico falando dele.

Poderia ter sido muitas outras coisas, ter ficado mais tempo com meus pais e com meu irmão, ter namorado outros rapazes. Eu não era feia, apesar de não ser bonita. Mas gostava de me vestir bem e principalmente da novidade da meia-calça, um luxo que transformava até a personalidade de quem as usava. Sempre gostei de roupas bonitas, de banho quente, um colchão macio, um lugar grande para receber visitas, uma cozinha equipada e acabei não tendo nada disso. Quando saímos de Vorónej, o que levamos foram alguns baldes, três panelas sem tampa e uma vassoura, que carregamos no trem, nas estações ferroviárias e nas cidades como se fossem um baú mágico cheio de tesouros, o que aliás eram. Não foi com tranquilidade que abri mão de tudo e reclamava com Óssip, para quem nada disso importava; só o ar lá fora, um lugar onde pudesse dar alguns passos — e houve lugares onde nem isso ele pôde fazer — e o maço de cigarros. Ele ora me compreendia ora não, dizendo que se era isso mesmo que eu queria, poderia largá-lo, porque com ele eu nunca teria conforto nenhum.

Acho que não foi por hábito que acabei aceitando, mas por inércia, dever e, finalmente, por amor. O amor por um perseguido é diferente de tudo o que eu imaginava. Chega um momento em que não se sabe mais se é mesmo amor, dedicação, desespero ou reverência. Mas quando não se fazem essas perguntas, quando não se quer saber por que se está com uma pessoa e o desconforto não te leva a pensar em abandono, não faz diferença saber se é mesmo amor. Nunca duvidei, mesmo com as crises periódicas e inevitáveis. O sentido da obrigação, durante os anos de perseguição, sempre esteve ligado a isso que chamam de amor e a individualidade tinha menos importância que a determinação.

Sei que Anna, Tatianna, Viktor, Marina e muitos outros me achavam chata, rabugenta e possessiva. Às vezes percebia, durante uma conversa, olhares enviesados; que seria melhor se eu me retirasse ou ficasse mais quieta. Não nego nada disso. Falo o que penso, não sou dócil nem submissa e sempre fiz de tudo para proteger Óssip de qualquer risco, com medo de ele dizer coisas que não devia para pessoas não muito íntimas. Ficava de guarda, era a chata de plantão.

Não sei mais o que sou, o que fui, o que mora dentro de mim, agora que já nem dou valor nenhum à vida. Os prazeres que tive foram ouvir as piadas de Óssip, conversar com amigos, viajar um pouco, achar um quarto com espaço para uma cama e uma mesa, lembrar de Kiev e, ultimamente, receber jovens em minha casa, ler Santo Agostinho, deitar e fumar. O cigarro e a bebida são bênçãos anestésicas; tragar e sentir o fumo entrando pela garganta, esquentando o pulmão e entorpecendo o pensamento, que vai se diluindo, de pedra vai se evaporando em ar, se transformando em fumaça ele mesmo e posso ver as palavras se dissolvendo. O trago umedece a sensação furiosa do tabaco, molhando e amolecendo ainda mais o vazio. Sou uma sonhadora sem sonhos, deitada e fumando o tempo que vai passando, agora que não preciso mais sussurrar.

Passei mais de vinte anos sussurrando; uma dedicação comparável à de quando ele ainda era vivo, talvez maior, e agora eu entendo que não foi só para proteger os poemas do esquecimento. Foi também para continuar perto dele e ele perto de mim, para que um amor que sempre foi físico e erótico — à noite todas as nossas discordâncias se dissolviam — tivesse uma continuidade também concreta, pela voz e pelo som. Todo poema que falo me faz sentir mais redonda, as sílabas se reunindo na boca, passando pela língua me fazem subitamente bonita, as palavras sendo sopradas pelos círculos de fumaça, que assopro a cada tragada, me transformam rápido numa coquete. É patético, mas ainda tenho uma intimidade, eu que me dediquei a apagá-la.

E depois, quando os livros de Óssip foram finalmente publicados e eu não precisei mais sussurrar, agora, nestas noites vazias de palavras, as lembranças retornam insípidas, sem carne, como se fossem névoa, coisa de que não gosto. Não tenho nenhum apego a coisas que escapam nem a evocações românticas. Gosto de apalpar o mundo, cabeceá-lo e, quando posso, chutá-lo para que as coisas reajam e eu possa brigar e rir. Não sou de ficar sorrindo langorosamente com saudades, nem de Óssip nem de nada, nem mesmo de mim, do que fui e muito menos do que deixei de ser. Sou, agora, a mesma de sempre: Nadejda Mandelstam, ninguém.

7.

Nikita vinha nos receber na estação ferroviária com uma gaiola e, dentro dela, um pássaro novo. Ele se dava o trabalho de pegar o ônibus e caminhar até a plataforma segurando uma gaiola, porque sabia que Óssip adoraria ver mais aquele pássaro e que, também por isso, iria abraçá-lo ainda mais forte e capricharia ainda mais nas brincadeiras e imitações de pássaros que os dois sabiam fazer, treinando durante as ausências para competir quem imitava melhor.

Ele era o mais reservado, tímido, chegando às vezes até a ser um pouco antissocial, das três crianças que nos acolhiam toda vez que ficávamos na casa de Vassílissa e Viktor Chklóvski, em Moscou.

Não gostava da ideia de treinar os pássaros para que eles cumprissem tarefas, cantassem ao gosto do dono, aprendessem a sair sozinhos da gaiola, se apoiassem sobre um pauzinho, brincassem de bonecos autômatos, como faziam alguns colecionadores, cujas histórias eram contadas por toda a Rússia, numa época em que colecionar pássaros era uma das poucas formas de tentar escapar da realidade. Nikita não fazia nada disso; simplesmente gostava das aves, de observá-las e de juntar todo o dinheiro que pudesse para adquiri-las e cuidar delas. Quando Viktor contou, certa vez, sobre um treinador de canários que conseguia fazê-los cantar virtuosamente sempre que quisesse, Nikita soltou um "igualzinho a um membro da União dos Escritores" e foi para o quarto, continuar a observar seus pássaros desobedientes. Acho que era isso que fazia dele um menino tão diferente dos outros e tão sábio. Óssip o admirava também por isso; seu silêncio, sua infância e a irreverência de quem nem sabia que estava sendo rebelde, cuja rebeldia não era em nome de uma causa, mas somente porque ele gostava que fosse assim.

Eu também gostava de ouvir os dois conversando e imitando pássaros e principalmente do silêncio de Nikita, enquanto ficava conosco na cozinha, da forma como escutava as conversas e como se retirava sem fazer estardalhaço. Gosto do som das conversas e gosto de música, mas prefiro sempre o silêncio, agora ainda mais que antes: esse som surdo é verdadeiro em toda a sua extensão, mais geográfica do que temporal e que ocupa a paisagem que vejo pela janela e a alma que não vejo mas que fica inteiramente ocupada por ele. O silêncio sussurrante de Nikita retorna hoje no meu sussurro, ele que agora deve ser um homem bonito e calado, que talvez não colecione mais pássaros mas que certamente caminha com o queixo perpendicular à calçada porque não tem culpas nem medos a carregar. Amo esse menino como um pequeno sol da única família que se dispunha a nos receber em qualquer situação, a qualquer momento e sempre da melhor forma possível.

Sua teoria era a de que os canários aprendiam a cantar ouvindo o canto dos melhores pássaros das gerações anteriores, mas que, por causa da ganância dos adestradores, todos os grandes cantores haviam sido capturados e os mais jovens não tinham mais de quem aprender nem a quem imitar. Não me importa a legitimidade, mas acredito nessa teoria mais do que em quase qualquer coisa.

Chklóvski gostava de música tanto quanto Óssip e seu sonho era nos levar a um concerto de Chostakóvitch, aonde nunca conseguíamos ir por causa dos horários dos trens, já que éramos proibidos de dormir em Moscou. Quantas vezes ele não nos ofereceu sua casa para dormirmos, ao que as crianças acudiam com gritos de sim, sim, por favor, mas nós não queríamos pôr a vida deles em risco; era demais o que já faziam por nós.

Na cozinha, comendo e bebendo do melhor que os Chklóvski tinham a oferecer, Vássia, a sobrinha de Vassílissa, tentava tocar na viola a melodia do último concerto de Chostakóvitch, contando a reação do público, a quantidade de gente no teatro, detalhes da decoração, das poltronas, do maestro e do comportamento do próprio compositor, entre recatado e orgulhoso. Essa descrição, que Viktor registrava com atenção excessiva, levava-o, no final, a declarar Chostakóvitch o maior de todos os compositores. Não sei bem a que ele se referia, se Chostakóvitch seria o maior músico, o mais capaz de atrair público ou o mais querido da imprensa; acho que tudo isso junto. Chklóvski, um apaixonado, também andava influenciado por essa necessidade russa de qualificar os artistas e de colocá-los em alguma ordem hierárquica. Era o passatempo de todos, uma forma de transcender o horror explícito ou implícito que vivíamos. No fundo, também Viktor queria chegar a esse posto de supremacia, não por simples vaidade, mas por precisar, como qualquer um, de algo que o afirmasse naquilo que ele sabia mesmo fazer de melhor. Nós já tínhamos escolhido a ele e à mulher como os melhores em tudo: poetas, pesquisadores, anfitriões e amigos. Na verdade, talvez Óssip e eu não nos importássemos tanto com tais classificações somente pelo fato de estarmos totalmente fora de qualquer circuito em que ele pudesse ser premiado. Portanto, não era nossa modéstia que nos afastava, mas o exílio. A Rússia sempre foi o país das comparações e da competição e não há ali quem não queira ser chamado de "o maioral" em alguma coisa. Não basta estar entre os melhores, é preciso ser unanimidade. Tudo por causa de uma história longa de perseguição aos artistas, de uma arte cada vez mais comprometida com o poder, de pessoas a quem foi proibido se expressar e, naquela época, por conta do clima de desconfiança completa em nossos corpos e mentes. Como se ser declarado o melhor fosse uma forma de escapar dessa prisão física, burlando as opiniões coagidas e falsas, os elogios ou críticas obrigatórias. Todos queriam ser Chostakóvitch, uma unanimidade que não deixou de criar problemas, até a censura e os jornais chegarem a chamar sua música de "mera confusão" e a ópera *Lady Macbeth* de "primitiva, grosseira e vulgar", coisas que acontecem também com os maiores.

Não sei se chegaram a pedir que a imagem de Chostakóvitch fosse retirada dos livros de história das artes na Rússia, como acontecia, a cada tantos meses, com vários nomes que Vária nos mostrava. Os nomes dos líderes do partido tinham que ser cobertos por um papel grosso que a própria escola fornecia, e colados com uma cola também grossa a cada vez que um deles caía em desgraça, o que ocorria com frequência. Os editores dos livros e revistas mandavam cartas para os assinantes, com os nomes que deveriam ser cobertos ou cortados e jogados na privada ou queimados. Livros proibidos, diários pessoais, correspondências e, para as crianças, os livros escolares, que elas adoravam colar e recortar, como se fossem álbuns de figurinhas, o que não deixavam de ser.

Nos Chklóvski, era como se novamente tivéssemos uma casa, uma família e amigos, nos sentíamos como se fôssemos pessoas normais que tivessem simplesmente ido visitá-los, sem risco nem problema. Vassílissa nos preparava um banho, Viktor nos oferecia o melhor cobertor, roupas e casacos, emprestava sua cama para que descansássemos um pouco e as crianças se comportavam como se fôssemos seus tios ou avós. Lá eu me sentia novamente uma pessoa e ficava pensando como — num futuro que imaginava bem distante mas que naquela casa me parecia possível — iria retribuir àquela hospitalidade. Não sabia se seria com fartura ou apenas com um poema, um pedaço de pão, a porta aberta. Isso não fazia muita diferença. Viktor, Vassílissa, Nikita, Vária e Vássia eram pessoas reais, pessoas com braços e pernas, nariz e ouvidos, que nos tocavam sem porquê e sem segundas intenções. Nunca poderei esquecer que, com eles, não havia motivações ocultas para nada. A hospitalidade é a virtude máxima, mais importante até que a liberdade ou a justiça, porque reúne as duas. Não posso me considerar livre se não recebo as pessoas em minha casa como se elas fossem, qualquer uma, um companheiro na carência de conversas, comida, agasalho e banho. Se as coisas são regidas pela lógica do toma lá dá cá, não dá para pensar em justiça e, num regime opressivo, a hospitalidade é logo uma das primeiras coisas a desaparecer. Todos se justificam dizendo que é para se proteger, que gostariam de receber pessoas em casa, mas que, diante das circunstâncias, não há o que fazer. Pode soar como uma boa justificativa, mas não me convence pela rapidez com que é aceita e usada. As razões para não receber os outros são maiores do que isso. O medo é o verdadeiro juiz.

Olho o rosto do gelo sozinho:
Ele — a lugar nenhum, eu — de nenhum lugar,
E tudo passado a ferro, ondula sem vinco
O milagre da planície a respirar.
E o sol franze o olho na engomada miséria —
Seu franzido calmo e consolado...
Florestas de dez dígitos — quase aquelas...
E a neve estala nos olhos, como pão puro, sem pecado.

16 de janeiro de 1937

8.

Ele também achava sua prosa pior do que a poesia. A poesia eram estampidos, o fim de uma busca dos sons atrás dos sentidos, que vinham simplesmente coroá-los. Óssip era o receptor, uma antena que sintonizava tudo, capturando os percalços meio aleatórios dos sinais que iam sendo emitidos e transformando-os em ritmo; só depois vinham as palavras, afinal inevitáveis. Mas a prosa era diferente e ele reclamava da antecipação das palavras a todo o resto, daquela necessidade de que as coisas fizessem sentido, seguissem um caminho prévio, tivessem começo, meio e fim e que as pessoas as compreendessem com fidelidade. Ele entendia perfeitamente como a prosa devia ser escrita, mas não se adequava, era custoso escrever sobre Dante, sobre a Armênia, sobre a poesia, sobre sua infância, sobre Púchkin e Skriabin.

Poucos são mesmo poetas, e não tenho vergonha de dizer que esses são como pequenos deuses, outra espécie de criaturas, mais luminosas, cujo encontro com o mundo dito real acontece por choques e fugas. Quando essas pessoas, como

Óssip, são obrigadas a estar e agir no mundo das coisas, o esforço é sobre-humano e chega a causar dor física, como ocorria com ele.

O desenho daquele tapete era uma história viva e, quem sabe, até substituiu por algum tempo suas dificuldades com a prosa. Nós o vimos pela primeira vez num cortiço, depois de uma conversa com dois vendedores numa feira de antiguidades em Moscou. Era um quarto escuro e sujo atrás da estação Kiev e nós fomos seguindo os dois com curiosidade e receio, combinação que adorávamos. Entramos devagar no recinto, iluminado depois por uma lamparina e foi como entrar numa das histórias de Sherazade, como nos tornarmos uma lâmpada mágica, fabuladores mentirosos e ladrões que enfeitiçam crianças e mulheres em troca de pimenta e moedas, como estar numa floresta antiga, envolvidos com piratas e mercenários, atrás de um cálice sagrado para entregar ao rei. O tapete luzia, enorme, a história das histórias, a mais pura verdade. Uma cena de caçada, em que um jovem, bem no centro, segurava um arco e várias flechas, e em torno dele estavam cavaleiros, lebres, raposas, pássaros e todo tipo de animais selvagens. Tudo tecido de forma fina, com os pontos apertados ao máximo e as cores se sobrepondo, tonalidades de verde, vermelho, laranja e marrom cheias de luz e sombra, o fundo e a frente se confundindo, um tomando o lugar do outro, uma figura mais iluminada e de repente a outra, de onde vinha tanta luz?, talvez uma clareira na floresta, o que eles perseguiam podia ser um animal feroz, uma caçada ordinária, algo que o jovem pudesse caçar com suas flechas. O rosto e mesmo os olhos de cada animal saltavam do tapete, cada um com uma expressão diferente de dúvida, expectativa, medo, o mato vivo como se ele próprio fosse mais alguém no aguardo de uma decisão, o desfecho de uma ação em vias de começar. A floresta se escondendo mais ao longe, fim de tarde, o vermelho-alaranjado do sol atrás das árvores com folhas variadas, verdes de muitos matizes, seria outono? As bordas se enfeitavam com mosaicos redondos, hexagonais, octogonais, sugerindo símbolos de aventura, coragem e honra, remetendo a deuses arcaicos que não conhecíamos mas que intuíamos e instantaneamente respeitávamos. Mandalas, serpentes de várias cabeças, flores que se abriam e fechavam em cores multifacetadas, com a textura das pétalas, das hastes e dos espinhos, escondendo-se e revelando-se em luzes e sombras atrás de brocados e arcos revoltos ou mais tranquilos. Entramos num sortilégio atemporal, fiado por séculos, e que veio parar ali, diante de nós, a um preço bem razoável que, é claro, não tínhamos a menor condição de pagar.

Saímos de lá cansados, Óssip ainda mais do que eu. Era como se tivéssemos feito uma jornada para fora do espaço e do tempo, como se todo o nosso sofrimento houvesse de repente cessado ou se tornado ridículo, tudo passava a fazer sentido ao mesmo tempo que nada. Por que nos incomodar com a fome, a perspectiva do exílio, a falta de agasalho e abrigo, a solidão, se ali estava a arte abraçando a nós e a tudo, se insurgindo do fundo do tempo e persistindo além das coisas, das rações do governo e das solas dos sapatos, dos vizinhos informantes, das torradeiras e de Stálin? Havia uma urgência em ter, ter aquele tapete, no qual nós não pisaríamos mas que contemplaríamos como a permanência da verdade e como um consolo. Mas sabíamos que não era possível. Onde encontraríamos dinheiro, que sacrifícios teríamos que fazer, onde poríamos aquela peça se nem casa tínhamos, se nem sabíamos quanto tempo ainda ficaríamos em Moscou? Não tentei argumentar com Óssip, nem contra nem a favor. Também estava confusa e ter aquele tapete era uma forma de escapar das circunstâncias por mágica, um gesto irresponsável cuja necessidade eu entendia e com o qual até concordava. Eu faria o que ele decidisse. Não, não sei se faria. Digo agora, mas é capaz que não aceitasse. Via o tapete e via também a ele e não sabia o que querer.

Possuir o tapete se tornou um vício e uma necessidade nos dias seguintes e Óssip não pensava em outra coisa; a dificuldade que isso implicava fazia parte do jogo obsessivo e, por fim, decidimos trazê-lo para casa, com o consentimento dos vendedores.

Ele ficou ali, no nosso apartamento, que mal o comportava, maior do que a sala e nós acordávamos e dormíamos observando os detalhes, sonhando com o mundo com ele e sem ele, discutindo sem brigar, os dois atônitos com uma possibilidade absurda de negar e confirmar a vida. Foram três dias de beleza e dúvida, até que, sem pensar, Óssip se dirigiu a ele e lentamente o enrolou. Nós não podemos ter isso.

Às vezes, quando penso nessa e em outras histórias, acho que sim, que tivemos aquele tapete, que não tê-lo comprado, ter feito o que o bom senso ditava também aconteceu, também é uma história que tenho para mim e para contar. Afinal, comprar aquele tapete na imaginação talvez seja ainda mais certo do que tê-lo como coisa e mercadoria, porque precisaríamos pagar por ele. Não havia como estabelecer um preço para aquela cena, para o começo do mundo. Não ter desembolsado dinheiro nenhum faz mais jus à caçada, às flores e serpentes, que permanecem então onde elas devem ficar, em algum lugar oculto do passado. É claro que agora ele deve estar na casa de um funcionário do alto escalão do governo, sendo apreciado em jantares, pelas amigas da dona da casa, tendo sido pendurado em algum lugar de destaque, com uma iluminação adequada, ostentando as posses do dono. Ou então pode estar embaixo de uma mesa, onde ninguém olha para ele, sendo pisado, recebendo respingos de comida e de leite, sendo suspenso periodicamente nos quintais, onde os criados o batem para tirar o pó acumulado. Pode ser que o príncipe já esteja desbotado, que uma das raposas já tenha perdido o rabo, que os olhos do cachorro não olhem mais para lugar nenhum.

Não ter tido o tapete é um resumo do que foi a minha vida. Tive tudo e nada, ainda tenho, não tenho mais. Além do mais, não sei o que eu faria com ele agora. Certamente o venderia por um preço muito baixo e gastaria o dinheiro com papel, pão e mais um pouco de lenha.

O rapto de Europa, de Serov, me aparece na memória, agora, junto com o caçador da tapeçaria, como se ele também fosse uma forma de Óssip escapar da maldição da prosa, que tanto o perturbava. Pode ser essa uma das razões por que ele gostava tanto de pintura, de ir ao Hermitage toda vez que voltava de viagem e olhar sempre os mesmos quadros cheios de história; a pintura, de algum modo, concentrava a prosa e a poesia, transformando em pequenas narrativas as cores, a luz e a sombra, a tinta e a linha, equivalentes dos sons e dos ritmos. Não era nisso que ele pensava, com certeza, mas ele dependia daquelas imagens fixas tanto quanto de comida.

Você tem o rosto muito parecido com o dela, ele disse e eu concordei. Alguma coisa no meio sorriso, que se adivinha também como uma leve ironia ou desconfiança, Europa transida de medo. O olhar para baixo não teme, mas sente um tipo de receio confiante, amparado pela mão que se apoia no dorso do touro com leveza e firmeza ao mesmo tempo. Ela não está na posição mais confortável para atravessar o mar, com as pernas dobradas para o lado, parecendo mais apoiar-se numa estátua no meio de uma praça do que num animal que enfrenta as ondas. Ela não tem medo de cair nem de se afogar. Está sendo raptada, vai perder as raízes e a família, mas não se desespera. O touro está mergulhado em espuma, uma onda deve ter acabado de passar e seu rosto tem a doçura de quem está se entregando, como se fosse ele o sequestrado e não o sequestrador. Uma onda maior se aproxima à distância, mas ele olha para trás e não para a frente; está mais preocupado com Europa do que com o mar instável. Seus chifres grandes e fortes não deixam dúvida de que ele concorre com o próprio mar em braveza e sabemos que não haverá percalços. Eles chegarão ao destino planejado, se é que ele existe. Um golfinho nada ao lado dos dois, prenunciando bons tempos, uma companhia auspiciosa que aparentemente os segue pelo caminho e que mostra que o Zeus touro é mais um peixe no mar. Uma mancha mais ao longe pode ser um tubarão ou uma baleia, mas também não ameaça, seja o que for. Os possíveis perigos parecem compor uma paisagem mais acolhedora do que ameaçadora; são simplesmente parte de um todo, como Zeus e Europa. O movimento do quadro, expresso nas cores e nas formas ondulantes, conduz a um mundo desconhecido mas para onde se quer ir mesmo assim. Há poucas nuvens no céu, lá onde ele se encontra com o mar. Não importa. Nada na pintura é idílico mesmo assim, apesar de ser um rapto, do touro, das ondas e do desconhecido, as coisas podem ser boas.

Agora que reuni essas imagens na memória, a tapeçaria

e Europa — e foi uma que puxou a outra —, vejo como elas são diferentes e como as duas significam muito para mim. De lugares e tempos imaginários, o caçador maravilhoso e todo o seu séquito protetor, atrás de uma aventura ritual, me atraem, mas me afastam também. Tudo o que posso é contemplar a beleza da manufatura, a forma como tudo parece saltar à vista e entrar na nossa dimensão, como se pudéssemos tocar as figuras, sem que com isso elas deixem de ser fantásticas. Elas permanecem lá, no universo da beleza impossível.

Já Europa não. Não há nada de tão admirável na qualidade dessa pintura, que poderia ter sido feita por muitos artistas e ela não chama a uma apreciação minuciosa e demorada. Mas me sinto próxima, como se fosse eu a viajar no lombo daquele touro e acho que não só porque Óssip me achava parecida com Europa. Na verdade, não sei se sou ela ou o próprio touro e talvez os dois sejam mesmo intercambiáveis. Quem conduz quem? O raptor, apaixonado por sua presa, precisa dela mais ainda do que ela dele. A raptada, acolhendo o destino que desconhece, segura em meio ao perigo, está mais à vontade que o próprio touro, preocupado com ela. Ambos conduzem e são conduzidos e me imagino trotando naquele mar revolto, feliz de sair daqui. O tapete faz as imagens saírem para cá e o quadro me faz ir lá para dentro.

Deus, por onde ando?

9.

"Se eu fosse um poeta e um amigo poeta estivesse em apuros, eu faria qualquer coisa para ajudá-lo."

Não era fácil decifrar as frases de Stálin, ainda mais por telefone. Era o grau mais alto de cinismo, vindo dele, que condenava os poetas ao exílio, ao trabalho forçado e a várias formas de morte, da tortura ao fuzilamento. Mas ele também podia estar falando sério. Era como se dissesse que, como ditador, seu dever era prender e, em alguns casos, matar; mas no caso de Pasternak, poeta também, como Óssip, o papel seria ajudar, fazer "qualquer coisa".

Era assim mesmo na Rússia. E será que em algum outro lugar do mundo as coisas não funcionam assim? K., em *O processo*, passando por um dos labirintos intermináveis por onde andava, ouve um barulho e gritos atrás de uma porta. Ele abre a porta e lá dentro vê um homem espancando outro. Com algum escândalo e um senso de justiça restante, pergunta: "O que você está fazendo?" — essa pergunta reflexa e um pouco burra — para ouvir a resposta: "Eu sou um espancador, eu espanco". Exercer o dever, afinal de contas, é o que de mais "nobre" um indivíduo pode fazer em qualquer sociedade, independente do absurdo de sua tarefa. Cumprir é necessário, na Rússia e na Itália, nos Estados Unidos ou no Egito.

Talvez fosse só isso que Stálin tenha querido dizer quando telefonou para Pasternak.

Boris estava em casa e foi chamado ao telefone comunitário que ficava no corredor externo do prédio. Como fazia com qualquer um de nós ao atender uma ligação, ele começou a conversa com Stálin reclamando do barulho, dos gritos das crianças e dizendo que não estava escutando bem. Isso havia se tornado tão habitual, que Anna perguntava, quando me ouvia conversando com ele por telefone, se ele já tinha parado de reclamar.

Mas como reagir a uma ligação de Stálin, quando você o despreza e teme, se a tentação é de finalmente conseguir extrair algo dali, de se transformar em herói nacional porque ele telefonou justamente para você e, pelas palavras, você terá conseguido, quem sabe, salvar alguém, seu amigo? Talvez a melhor forma seja mesmo reclamar do barulho, tratá-lo de igual para igual, não pensar em como falar, o que dizer, deixando que a própria conversa se encarregue de te fazer descobrir como conduzi-la. Stálin certamente sabia do efeito que uma ligação sua poderia provocar e era por isso que ligava sem aviso; essa intimidade era também uma maneira de intimidar, de mostrar poder pelo efeito imprevisível.

Boris respondeu que vinha tentando falar com a sociedade dos escritores sobre isso, mas que havia muito tempo não recebia resposta nenhuma, colocação perigosa, porque podia soar como uma crítica, mas que não obteve efeito, porque Stálin só respondeu com uma pergunta, a qual, certamente, era o objetivo do telefonema: "Mas Mandelstam é um gênio, não é?, ele é um grande gênio, não é verdade?".

Que armadilha era aquela? Ou talvez não fosse uma armadilha e o grande ditador só queria mesmo saber se Óssip era um gênio, porque isso o orgulhava, porque o atemorizava, porque o fazia sentir inveja e paranoia, vontade de protegê-lo ou de matá-lo? Boris não sabia como responder. Se dissesse que sim, que Óssip era mesmo um gênio — e ele achava que sim, que não existia nenhum poeta capaz de chegar aos pés de Óssip em toda a Rússia —, ele poderia estar confessando que realmente nada tinha feito para ajudá-lo, ou que se regozijava de vê-lo perseguido, ou ainda que Stálin era culpado de perseguir um patrimônio russo. Já se dissesse que não, as coisas poderiam ser ainda mais complicadas. Isso quereria dizer que a Rússia perseguia pessoas inutilmente, que não havia gênios na Rússia ou que Stálin se enganara. Ao mesmo tempo, Boris não era o tipo de pessoa que pensava estrategicamente, e nem aquele telefonema, naquelas condições, permitia que ele refletisse muito antes de responder.

Mas não é que ele se saiu bem até demais, porque não respondeu nem sim nem não, disse apenas que queria conversar pessoalmente com a "banha gorda". "Sobre o quê?" E aí Boris foi Boris e, por ter sido Boris demais, se perdeu. "Sobre a vida e a morte."

Conversar com Stálin sobre a vida e a morte? Até hoje me pergunto isso e tenho muitas respostas, todas plausíveis. Algo como um ímpeto messiânico nos leva a acreditar que ninguém se torna um ditador tão popular por acaso. Que, no fundo da alma daquele terror, se esconde uma pessoa boa e inteligente à qual só eu tenho acesso, com minha sagacidade e bondade. Que, conversando com o líder de forma única, com o *meu* jeito de fazer perguntas, seria possível reencontrar o homem, o ser humano que novamente pensaria a Rússia de uma forma mais humanista. Mas pode também ter sido uma curiosidade sádica de Boris, uma vontade de inspecionar mais de perto a mente de um grande líder, de privar da intimidade de um carrasco e ver como ele enfrenta a possibilidade da morte, o quanto a morte afeta as ordens que alguém como ele impõe à vida das pessoas.

E também a vaidade. O chefe de uma nação, cujo retrato está em todas as casas e repartições, exposto nas ruas, a quem todos temem e adoram, o paizinho que tudo dá e que tira de quem merece, que oferta a vida e a sequestra daqueles que não amam a terra — nossa mãe e madrasta —, o grande leitor, amante de música e de armas, o homem misterioso que veio do nada, que age de forma aparentemente arbitrária mas cujo arbítrio deve conter segredos intransponíveis, esse homem dispôs de um tempo para dedicar exclusivamente a você, parou o que estava fazendo, assinando acordos internacionais e pediu à sua secretária que te telefonasse, no seu prédio velho, esperou que você atendesse, o que demorou alguns minutos, te aguardou reclamar do barulho e te fez uma pergunta sobre um amigo seu. Não importa o quanto você odeia esse homem. Nessa hora, ele te telefonou e, se o fez, só para você — coisa nunca ouvida na história de Moscou —, é porque você é muito especial, você é único.

O fato é que, depois de Boris dizer "conversar sobre a vida e a morte", Stálin desligou imediatamente o telefone. Boris ficou sem saber se a ligação tinha caído e telefonou novamente. Atendeu uma secretária a quem ele, ofegante, disse que acabara de falar com Stálin, que o pusesse outra vez na linha, mas ela respondeu que sim, que sabia, mas que já não era possível falar com ele, que ele estava ocupado e havia desligado o telefone. Boris não se conformava, não pode ser, eu estava falando com ele agora mesmo, ele nem se despediu, ele queria saber, ele queria. Tudo o que pôde ouvir, já na segunda tentativa, foi que sim, que Boris poderia espalhar a notícia a quem e quando quisesse, que Stálin não se importava com a divulgação do telefonema.

Foi difícil para Boris aceitar que a razão pela qual Stálin ligara para ele tinha sido essa: queria que ele espalhasse para Moscou inteira que recebera um telefonema do grande chefe. Stálin queria que todos soubessem que ele se preocupava com o homem que mandou perseguir, que não se conformava que seus amigos não tentassem libertá-lo, que precisava saber se ele era ou não um gênio. E se Óssip era um gênio, por que ainda estava sendo vigiado e ameaçado com o exílio e com a perspectiva de prisão e da morte e por que os outros não faziam nada por ele? Isso tudo conferia um sobressalente de humanidade e mistério a Stálin e a figura que todos amavam odiar ganhava uma incógnita a mais, motivo para que seu nome continuasse reverberando.

Posso dizer sem medo que Pasternak nunca mais se refez daquele telefonema interrompido. Por um lado, ele não se conformava em não ter conseguido fazer nada para salvar Óssip e, por outro, não suportava a ideia de Stálin ter desligado na sua cara, de que não tivesse conseguido marcar uma conversa com ele sobre a vida e a morte. Por que razão Boris fazia tanta questão de conversar com uma pessoa que dizia detestar, a mão forte de um regime que ele criticou duramente no livro que fez mais sucesso fora da Rússia, isso eu não sei dizer. Nunca tivemos, nem eu nem Óssip, esse tipo de veleidade salvadora, ou a vaidade de sermos escolhidos, especialmente por alguém que desprezamos. Depois do telefonema, Boris passou meses sem conseguir escrever uma linha de nada, nem de poesia nem de prosa, nem artigos, e nem mesmo cartas. Ele só falava desse único assunto e sua frustração se misturava com seu narcisismo. Mas, afinal, quando é que as duas coisas não se misturam, principalmente se você vive sob um governo que não te dá nada e que, quando te faz se sentir escolhido, é como se estivesse te doando um naco do ouro que ele te rouba diariamente?

É claro que a outra coisa que Stálin obteve com aquele telefonema impensável foi distrair a atenção da vítima, no caso Óssip, para si próprio e sua suposta preocupação com aqueles que perseguia. Oh, como nosso ditador é paradoxal! Cabia a um político pensar taticamente e não a nós, poetas, vítimas dessa armadilha retórica. Como não ser vítima num regime totalitário?

Quando eu contei toda essa conversa a Óssip, ele ficou muito impressionado com as respostas de Boris e achou que ele não podia ter se saído melhor; só ficou chateado de Boris ter sido arrastado para um assunto que era somente nosso, ou melhor, somente de Óssip, porque não queria que nenhum amigo seu se envolvesse com aquilo.

Talvez, na Rússia, nada seja tão sério quanto a poesia. Talvez Stálin temesse os poetas, que amava, tanto quanto nós o temíamos. Ele sabia que a poesia é capaz de penetrar a alma mais funda do mundo lentamente e, por isso, de forma mais arraigada que a política. Todos podem mudar de opinião sobre a política e os políticos, tão rápido quanto mudam de roupa. É só dar mais pão. Mas ninguém muda de opinião sobre um poema que ama e todos leem poesia na Rússia, por toda parte e a toda hora.

Nunca mais tivemos um Stálin no poder e já faz algum tempo que ele felizmente morreu. Quando eu soube da sua morte, não consegui ficar tão feliz quanto imaginava. Senti alívio, suspirei como se um raio tivesse caído a um metro de distância, aquele suspiro de foi por pouco, cansado e desesperado. E se tivesse caído em mim? Era como se décadas de urgência e peso e, com elas, toda a sua inutilidade fossem subitamente retiradas de cima dos ombros. Isso não é motivo de alegria, mas de frustração pelo fato de as coisas não terem sido diferentes. Era como me dar conta de uma vida acima do que eu podia suportar e, mesmo assim, tinha suportado. Uma vontade, com a morte dele, de morrer junto e não, estranhamente, de viver mais e melhor. Mas, ao mesmo tempo, também uma vontade de que as crianças que estavam nascendo naquele momento, em 1956, e que não o conheceriam, para quem Stálin seria não mais que uma palavra, pudessem viver uma vida menos cansativa, era esse o termo. Viver com Stálin cansava, mais ainda do que oprimia e esse cansaço permanente não é possível para ninguém. O cansaço é pior que a humilhação, ou melhor, a humilhação diária cansa.

Ele morreu e, com ele, o telefonema, Pasternak, nosso medo e adoração por seu nome. Stálin era um nome e nomes não se combatem; eles penetram as casas e ficam pendurados nas paredes, nas asas das xícaras, dentro do leite e do travesseiro. Vejo agora que também Óssip está se transformando num nome, também Boris, e Anna, e Marina e, quem sabe, eu.

Se fosse preso por nossos inimigos
E as pessoas parassem de falar comigo,
Se me privassem de tudo no mundo:
Do direito de respirar e de abrir portas
E de afirmar que haverá vida
E que o povo julga, como juiz —
Se ousassem me prender feito fera,
Minha refeição no chão começassem a jogar —
Não abafarei as dores, não ficarei mudo,
Mas traçarei o que quiser traçar,
E agitado o sino do muro nu
E desperta a quina da inimiga sombra,
Atrelarei dez bois à voz
E conduzo a mão na sombra com o arado —
E no fundo da noite sentinela
Olhos se acendem à trabalhadora terra,
E — na legião franzida dos olhos irmãos —
Cairei com o peso de toda a colheita,
Com a pressão de toda jura que se lança ao longe —
E irrompe dos ardentes anos o bando,
Murmura como madura tempestade Lênin,
E na terra, que escapa à decomposição,
Assassinará a razão e a vida Stálin.

Fevereiro-março de 1937

10.

Acho que foi algo do tipo: "Meu primeiro livro foi *Pedra* e o último também vai ser". Quando Liev me perguntou se era verdade que o primeiro livro de Óssip se chamava *Pedra* e eu confirmei, ele pareceu orgulhoso da sua memória, capaz de se lembrar de uma frase inteira ao pé da letra, tanto tempo depois. Eu também soube na hora que ele estava dizendo a verdade, porque, além de o nome de fato ser o do primeiro livro de Óssip, a frase só podia ter saído daquela boca que não perdia a chance de expressar uma ironia, mesmo num lugar como Kolimá, campo sobre o qual escutei os piores relatos, em meio a tantas histórias.

Não sei explicar direito por que me dei ao trabalho, obsessivamente, de determinar a data exata, a hora e as circunstâncias da morte de Óssip, mas parecia que só isso poderia me salvar do desespero e da falta de sentido. Não saber esses dados e ouvir apenas depoimentos contraditórios em resposta às minhas perguntas me punha fora do sério e só não me angustiava mais do que a forma como eu recebi a notícia da sua morte: *destinatário desaparecido*. Era mais um dos eufemismos para eles dizerem: Óssip morreu. Por que não diziam isso de uma vez? Achavam, por acaso, que eu iria me sentir menos agredida com a palavra "destinatário" no lugar de "Mandelstam" e "desaparecido" no lugar de "morto" ou não bastava eles terem levado Óssip para Kolimá e deixado que ele morresse doente e com fome? Era assim também com "sistema simplificado de interrogação", no lugar de "interrogatório sumário", e com "internação necessária", no lugar de "liquidação imediata". Às vezes penso que as palavras, mais que o regime, venceram a Revolução, ou que o regime é que é governado por elas. Tanto faz. Os dois se tornaram a mesma coisa e só os tontos ainda se deixavam enganar.

Não importa, não aceitei a delicadeza de "destinatário desaparecido" e precisava saber como, quando e onde. Que diferença isso faria, eu não sabia. A morte havia chegado e, graças a Deus, tinha sido rápida, só alguns meses depois de ele ter sido capturado naquela armadilha idiota em que nós dois caímos também como dois patos ridículos e burros. Agora eu entendo por que aceitamos o convite para a colônia de férias e por que pensamos que finalmente as coisas estavam mudando, eles estavam reconhecendo o talento e a importância de Óssip e poderíamos, depois do descanso, encontrar um apartamento decente em Moscou, com banheiro e aquecimento central. O cansaço era gigantesco e eles sabiam que, ao primeiro convite para algum retiro, nós dois aceitaríamos sem hesitar. E foi o que aconteceu. Ficávamos sentados na espreguiçadeira lendo, ele seu eterno Dante e eu meu Santo Agostinho, ou saíamos para caminhar após a sesta ou após o almoço, composto de salada de batata, sopa de beterraba e carne, carne mesmo, cozida e macia. E mesmo que tanto conforto merecesse desconfiança, preferimos não desconfiar e acho que até nos entregamos àquela fartura porque precisávamos dela mais do que das nossas convicções.

E foi no dia 1º de maio, o mesmo dia em que nos conhecemos quase trinta anos antes em Kiev, que três homens bateram à nossa porta e pediram a Óssip que se apressasse, se arrumasse e os seguisse apenas para um pequeno interrogatório, nada que fosse demorar demais, que eu nem precisava arrumar sua mala, só pegar algumas poucas peças além das que ele estava vestindo. Não sei se isso me tranquilizou ou me desesperou ainda mais, mas fui obedecendo como um autômato, sem protestar nem chorar e Óssip também, calado, só aguardava sentado. Saiu e esqueci de lhe entregar o casaco, que fiquei segurando, pasma. Era a segunda vez que ficava com seu casaco nas mãos, mas dessa vez ele não retornou. Acho que a necessidade de saber os dados exatos e finais da vida dele é uma forma de eu substituir o corpo que não vi, a lápide que nunca vai existir e onde eu escreveria esses números com a mesma precisão de que ele sempre fazia questão.

Liev e Óssip foram mantidos naquele campo apenas provisoriamente e, por isso, não eram obrigados a trabalhar. Isso ficaria para o campo permanente, onde Óssip acabou morrendo. Mesmo assim, tinham deixado uma montanha de blocos de pedra e tijolos perto do lugar onde eles dois sentavam para conversar, Óssip já totalmente combalido, e Liev achou boa ideia que eles deslocassem os blocos de um lugar para outro, apenas para se exercitarem um pouco. Mania russa de trabalhar bem mesmo quando você é escravo. E foi assim que Óssip disse a frase que Liev lembrava: "Meu primeiro livro foi *Pedra* e o último também vai ser". E era verdade. O último livro dele foi escrito com o corpo e sem palavras e vou chamá-lo de *Pedra 2*. Nele, só há um único poema, que diz assim:

A pedra carrega um homem
e dele ela nada sabe;
talvez apenas seu nome —
Óssip — e o mais que se acabe.

Um poema ruim que Óssip nunca teria escrito — mas que me consola nessa busca por preservar ao menos o nome dele do meu próprio esquecimento.

Confiei em Liev mais do que em qualquer outra testemunha que vinha me contar alguma coisa sobre Óssip no campo, sua doença e sua morte. Os sobreviventes inventavam histórias, não lembravam direito de nada, precisavam de alguma lembrança honrosa, queriam me agradar. Liev não. Ele mesmo tinha ficado mais de vinte anos num campo, voltou velho e doente e não parecia ter nenhuma necessidade de mentir ou de me consolar. Já se passara muito tempo da morte de Óssip e agora ele só queria ficar um pouco com a filha e morrer em paz, sem denúncias nem riscos.

Logo na chegada a Kolimá, Liev passou a liderar um grupo de pobres coitados que não falavam russo e que, por causa da superlotação, não tinham conseguido encontrar um lugar coberto para dormir. Como não estava frio, eles aceitaram dormir ao relento nos primeiros dias, o que não parecia pior do que ficar dentro daqueles barracões infectos e barulhentos, numa cama com mais seis pessoas sujas e doentes. Mas quando começou a chover, Liev teve que pensar em alguma alternativa, e sua única ideia foi tentar achar lugar nas camas de cima, mais vazias e espaçosas, apesar de muito mais quentes e sujeitas a ser atingidas pelos vazamentos. O problema era que elas haviam sido ocupadas por grupos de criminosos, com um comportamento totalmente diferente daquele dos presos políticos como ele próprio e Óssip, que, nesses dias, não tinha dado mais notícia. Sem nada a perder, Liev decidiu testar sua coragem e subiu até uma daquelas camas, onde deu de cara com ninguém menos que Arkhangelski, um dos líderes fora da lei de todo o campo e conhecido em toda a Rússia. E a surpresa foi que Arkhangelski o tratou com educação e até cordialidade, talvez pela ousadia de Liev de tentar confrontá--lo com palavras e não com brigas. Ele acabou permitindo que alguns prisioneiros dormissem por lá, mas todos se recusaram, com medo de serem roubados ou espancados. Os dois simpatizaram um com o outro e o ladrão passou a convidar Liev a frequentar as noitadas nas camas de cima.

A segunda e maior surpresa foi, numa dessas noites de diversão, deparar com um grupo de criminosos escutando demoradamente um poeta, enquanto ele dizia seus poemas e contava histórias. Um homem magro, encurvado, usando um chapéu e um casaco de couro amarelo: Óssip. A seu lado, latas de sardinha e pão, coisa impossível onde só se bebia água rala de repolho de manhã e à noite. Todos em silêncio, concentrados e esquecidos do lugar onde estavam, do que teriam de fazer no dia seguinte, das horas de sono, da fome e do medo. Era ali que Óssip tinha se escondido, protegido por algumas semanas, bem servido e à distância de qualquer pessoa que pudesse encontrá-lo ou contrariá-lo. Os ladrões o adotaram como bicho de estimação, consolador das noites cansadas, não sei mais o quê. Ele retribuía com poemas, seus e de outros poetas, histórias que os próprios ladrões pediam, admirados com sua memória e habilidade de contar, coisa que Óssip sempre ostentou com orgulho e uma ponta de autoironia.

É difícil imaginá-lo ali, como se aquele lugar tivesse sido feito para que ele o ocupasse, ele que sempre admirou os bons ladrões. Mesmo no campo, doente e privado de qualquer poder ou fama, ele encontrou um lugar único, impossível para qualquer outro prisioneiro e foi tratado decentemente, mais ainda, foi protegido. Imaginá-lo cercado por criminosos, oferecendo o que ele tinha de melhor, me alegra e também me angustia de um jeito que meu corpo parece querer se dissolver. É a prova do quanto ele era sedutor e de que seus últimos momentos puderam ser mais felizes do que até ele seria capaz de sonhar. Mas, ao mesmo tempo, diante da morte que eu sei mas que ele talvez não soubesse, fica a dor de que tampouco isso serviu para que ele vivesse, de que nem aquele último imprevisto, tão matematicamente ossipiano, pôde salvá-lo de um fim terrível. É uma espécie de compaixão retroativa, por ele e por todos os poetas e criminosos do mundo, que continuam escrevendo poemas e roubando bancos inutilmente, como se as duas atividades fossem a mesma e as duas condenadas ao mesmo fim.

Como fico contente de saber que ele comeu sardinhas com pão — que adorava —, de saber como foi ouvido com atenção e de pensar em quais histórias ele encontrava no fundo da memória para contar aos ladrões, fábulas de Esopo, lendas da Rússia antiga, poemas de Púchkin e de Akhmátova, invenções sobre Alexandre, o Grande, sagas da Islândia, humor judaico e até histórias pessoais. Com a voz rouca e fraca, ele extraía força para fazê-los rir e chorar, lembrar de suas vidas, de suas famílias e pensar que um dia ainda poderiam sair dali. Eles o protegeram como a uma criança, um tesouro e um trunfo contra o tédio e a insônia. Às vezes penso que foi lá que Óssip encontrou seu lugar verdadeiro, seu destino e missão e que, se a mão trágica das moiras quis pousar sobre a nossa vida, elas também souberam ser sábias e sádicas. Deram a ele o que ele mais queria, mas apenas por algumas semanas, até levá-lo para uma enfermaria, onde ele morreria de tifo, sozinho, sem histórias para contar nem gente para escutar.

11.

Desde a vitória dos bolcheviques, vi pais, irmãos, professores, intelectuais, vizinhos, motoristas, funcionários de pequeno e médio escalão, atendentes de lojas, balconistas nos guichês, chefetes de repartições, líderes de sindicatos e de comunidades rurais se transformarem em poderosos cumpridores de ordens, que obedeciam a todas, desde a de jogar fora torradeiras e roupas chiques, objetos considerados burgueses, até a de parar de rezar ou mesmo de pensar em religião. Mais realistas que o rei, exageravam na disponibilidade para executar e agir — as palavras da moda — e varriam obsessivamente as casas, as ruas, as lojas e os campos em busca de falhas e traidores. Essa era sua liberdade, a licença para agir. Sentiam-se donos de uma nova forma de poder, já que haviam perdido tudo. Era o poder de obedecer e obedeciam até ao que não lhes tinha sido ordenado. Ser digno de receber uma ordem superior que os obrigasse a censurar e impedir os enchia de um sentido de honra posto em prática urgentemente, e eles saíam pelas ruas e prédios como ovelhas em rebanho.

A intelligentsia, em especial, praticava tal licenciosidade com gosto, como usuários privilegiados dessa modalidade de poder. Bulgákov mesmo disse que a licenciosidade é "incompatível com o mundo; ela pode querer o mundo somente como um objeto, um brinquedo, e a humanidade somente como escravos para fazer com ela o que quiserem". Essa permissão de interpretar as leis, de opinar sobre como os outros devem se comportar, de vigiar a vida alheia para capturar alguém que esteja descumprindo regras é completamente sexual, e compensa a ideia dos revolucionários de que o sexo era apenas um hábito burguês. Era o que sobrava para essas pessoas, para elas substituírem pela falta de erotismo da Revolução. Mas que coisa. Pensando agora nesse passado, entendo que uma revolução deveria ser um acontecimento erótico, de desejo e alegria. E foi isso mesmo que aconteceu no início, quando todos acreditamos que este país seria governado pelo povo e para o povo, como se dizia. Coitados de nós, nós mesmos transformados no oposto, coitada de mim, que não posso me eximir de nada, que só soube gritar quando a água chegou no meu pescoço.

Aquela blusa que havia sido da minha avó, que passara para a minha mãe e depois para mim, como costuma acontecer em tantas famílias. Eu tinha carinho por ela, pelo branco já quase transparente, pelos bordados finos se desfazendo, pelo algodão parecendo tão puro, uma história de festas que eu só imaginava, casamentos, batizados, comunhões; mais tarde, ela já um pouco velha, talvez não mais usada em festas mas num jantar em que minha mãe a combinava com uma saia mais bonita, nem sinal ainda de meias-calças, mas um batom mais avermelhado, as pernas cruzadas e uma transparência que talvez deixasse entrever o colo.

Eu praticamente nunca a usei, mas gostava de vê-la pendurada no cabide, sozinha em meio a quase nada, um ou dois vestidos, um xale cinza de crochê, umas poucas blusas tão mais simples e vazias de histórias, um par de sapatos e um de botas. Passava as mãos por ela, eu que sempre valorizei mais o conforto do que Óssip que, se no início me censurava pelo que ele chamava de luxos de madamezinha, depois pôde compreender essas veleidades necessárias e chegou até a me presentear com um casaco de pele fajuto, mas bonito, que fez inveja e gerou comentários animados e perplexos entre minhas amigas. Todas nós sonhávamos com uma meia-calça e, mesmo sabendo que ela durava uma noite só — ou talvez justamente por isso —, dávamos nossa vida por uma de seda, gostávamos de nos agitar como madamezinhas nos bastidores de um teatro, falando sobre pequenas vaidades.

Como é estranhamente bom não ter nada e pensar em ter, falar sobre ter, brincar de ter. Era assim com a blusa de renda de três gerações que um dia a polícia tirou do armário, rasgou e usou como prova da nossa condição burguesa. Possuíamos uma blusa de renda, denúncia de algum vizinho indignado, que se considerava poderoso por contribuir para o "confisco de propriedade de mais-valia". Eles conheciam exatamente a distribuição dos cômodos da nossa casa e, aparentemente, também o que estavam buscando. Havia até os especialistas, capazes de discriminar o que era "mais-valia" do que não era. Diante da blusa, um deles me disse que suas mulheres não precisavam dos nossos "retalhos". Isso tudo aconteceu em Kiev, no começo da Revolução, quando a sistematização das perseguições ainda não tinha sido feita e havia mais arbitrariedade na maneira de conduzir as buscas. Depois, as coisas se tornaram mais formais e talvez nenhum deles se desse ao trabalho de rasgar minha roupa ou ela nem fosse mais considerada um objeto de importância. A licenciosidade variava conforme a progressão normativa do regime e os fiscais se tornavam mais criteriosos. Grande porcaria que, se poupou minha blusa, não poupou a Óssip.

Para nós, e até hoje para mim, a liberdade é a escolha de fazer o que se deve, já disse isso antes e sei que choca muita gente. Uma ética do dever, mais que do querer. Se for para fazer o que quero, preciso antes fazer o que devo. É assim que penso e podem pôr isso na conta do sofrimento, podem ser compreensivos e dizer: ah, para ela é diferente, considerando tudo o que passou, mas não concordo, acho que isso vale para quem sofreu e para quem não sofreu, vale para as pessoas que vivem não na sua proteção doméstica, mas na história, que é sempre cheia de dor. Eles deveriam considerar como mais-valia a licenciosidade, isso sim.

Em Vorónej, Óssip conseguiu um trabalho de visita aos camponeses para escrever um artigo que seria publicado no jornal da cidade e saíamos em caminhadas e caronas pelos campos, entrando nas casas, tomando chá, conversando com os líderes das comunidades de plantio, com os trabalhadores, mães e filhos. Remanescentes das descoletivizações, ainda agradeciam pelo pouco de comida que tinham, alguns rublos, um pedaço de terra para cultivar. Mulheres sozinhas abasteciam famílias grandes e cuidavam delas, uma população com pouquíssimos homens, já que muitos tinham sido enviados para os campos de trabalhos forçados e outros foram mortos na guerra ou foram atrás de lugares melhores para trabalhar. Todos estranhavam nossa presença ali, dois intelectuais, uma mulher que acompanhava o marido em entrevistas, e nos perguntavam se escritores também sofriam naquela Rússia nova, nova e velha, onde eles não entendiam mais sua função, nem nada. Naquelas regiões tão distantes das cidades grandes, os chefes representantes do governo eram paizinhos, coletores de impostos mais permissivos, que conheciam as famílias e os problemas; fiscais de costumes e de cumprimento das regras mais solícitos ou muito agressivos, sem a frieza dos vigilantes fiéis do regime. Tudo se misturava, numa confusão em que os mais perdidos eram os camponeses, agradecidos e revoltados ao mesmo tempo e divididos entre apoiar e condenar os vitoriosos, coisa que o governo estimulava porque não queria vê-los unidos. Óssip sabia que não poderia escrever sobre isso e tentava encontrar uma forma menos violenta de abordar a situação.

Eu nunca poderia imaginar que flores — flores, por Deus — se tornariam, também elas, um sinal representativo do regime. Pois não é que Dórokhov, o fiscal-chefe dos camponeses que visitávamos, obrigou todos a exibir dois (não um nem três) potes de flores em todos os parapeitos de todas as casas? Não imagino qual poderia ser o critério que discriminava um objeto burguês de outro não burguês e por que as flores não entraram nesse critério. Afinal, flores não têm utilidade, têm muito mais serventia na natureza e a única intenção de quem as possui é embelezar a casa, coisa desnecessária para os padrões dos vitoriosos. Mas não. As flores, é claro, indicam a alegria e a saúde dos moradores, concordância com o regime, prosperidade e trabalho. Mostram que os camponeses, após um dia de serviço honesto, têm o descanso merecido ficando junto à família, enfeitando a casa e pondo flores nas janelas. De mais a mais, as flores são versáteis o suficiente para não serem consideradas como luxo: catam-se nos bosques, são simples e a maneira como embelezam o ambiente é espontânea, além de, ele dizia, prevenirem o reumatismo. O detalhamento do controle sobre a vida chegava a esse ponto e, uma vez, quando uma mulher tinha apenas um pote na janela e ameaçou discutir com Dórokhov, ele só se conteve porque nós estávamos lá.

Dórokhov dançando no telhado, ele e seu ajudante, os dois dançando. Já vi tanta gente pedindo pão na rua, vi mortos espalhados pela calçada, sobreviventes sem dedos dos pés andando descalços no inverno, uma fábrica parando as máquinas para me deixar passar, um ônibus repetindo em coro que não somos de ferro, vi interrogatórios de madrugada, Óssip e Anna disputando quem lia primeiro o letreiro do ônibus à distância, pessoas nas vilas me oferecendo um balde ou uma panela sem tampa, vi uma amante de Óssip rindo na sala da minha casa, a mulher de Pasternak se negando a nos oferecer um pedaço de bolo, uma mala cheia de manuscritos sendo rasgados para com eles fazer cigarros. Lembro de Khlébnikov faminto vindo pedir uma parte da nossa ração, Górki se recusando a atribuir uma calça a Óssip, um quadro de Vermeer diante do qual ficávamos durante mais de uma hora, olhando o lado de lá de tudo, uma tapeçaria árabe que nos levou para uma distância ainda maior, voando numa paisagem infinita, já pedi esmolas na rua, já menti, já errei, perdi e ganhei, já fiz amor de um jeito tão inflamado que nenhuma perseguição descobriria nem sequer uma fresta entre nós, mas não esqueço dos dois dançando no telhado daquela casa. Por que algumas imagens se fixam mais que outras na memória é um mistério que não tenho a menor vontade de interpretar. Aliás, se interpreto alguma coisa é por hábito e também por necessidade. Algumas vezes não posso escapar a analisar o passado, porque senão não conseguiria suportar o presente; mas preferiria nunca ter de fazê-lo.

O fato é que, ao ver aquele casebre, os dois imediatamente se dirigiram a ele junto com os tratores, subiram no telhado baixo e, enquanto as máquinas a derrubavam, dançavam desengonçadamente sobre ele, isso tudo sem nem ao menos se darem ao trabalho de avisar os moradores. Era proibido construir casas naquele terreno, eram proibidas casas naquelas condições e, portanto, não havia necessidade de aviso. Era chegar e destruir. Mas dançar, por que dançar? Porque era, afinal, engraçado. Cumprir ordens era divertido, era o que deveria ser feito e ainda mais, era preciso dançar enquanto se obedecia a uma delas com tanta eficácia.

Mulheres, umas oito, imagino, foram saindo apressadas da quase casa, carregando máquinas de costura, ferros de passar, tábuas, baldes, panelas, um fogareiro, apetrechos de cozinha, restos de uma cama; vinham apressadas mas silenciosas. Não sei por que não gritavam, não se desesperavam, enquanto eu, olhando aquilo, queria espernear e correr para impedir os dois desgraçados de dançar, como eram tantas, como moravam naquele resto de palhoça, como cabiam coisas tão grandes lá dentro? Eu não sabia o que fazer e temia que sair em sua defesa poderia ser ainda pior, talvez Dórokhov e seu ajudante, além de dançar, resolvessem espancá-las, ainda sorrindo, quem sabe, eu não sabia e não fiz nada. Não fiz nada, e não sei como pude achar que não fazer nada era fazer alguma coisa, mas era e talvez tenha sido o melhor naquela hora. Elas caminhavam e, num acordo mudo, foram se afastando da casa, sem nem parar para ver o espetáculo que, por falta de audiência, logo cessou, os dois dançantes um pouco frustrados por sua cena não ter servido para ensinar os moradores a não repetirem tamanha insubordinação. Não sei para onde elas foram, se construíram outra casa, se ainda estão juntas, se são de uma mesma família, ou se são mulheres solitárias, sem marido e sem filhos, que se uniram para tentar alguma coisa juntas.

As mulheres e a Revolução. Devem existir até teses universitárias sobre isso, dezenas delas. Quem sabe homens tenham escrito acerca desse fenômeno e haja estatísticas precisas sobre o fato de a Rússia, depois da Revolução e da Segunda Guerra, ser um dos países com a maior disparidade de população masculina e feminina. Já ouvi falar disso e agora é um "fenômeno". Tudo se transformou em fenômeno, manifestação, estudo, pesquisa, constatação. Mas que coisa, aquelas mulheres caminhando e carregando suas máquinas de fazer coisas; que máquinas eram aquelas que carregavam mulheres que as portavam em silêncio, como se fossem uma só, corpo e engrenagem, numa Rússia que se tornou uma operação ela mesma, uma máquina de trabalho, constatações e danças sobre telhados? Onde está um casaco na minha mão, uma meia-calça desfiada, um jornal não lido, um ícone jogado no chão de uma igreja transformada em dormitório, um bilhete de ração perdido no metrô, minha panela sem tampa, a voz de Anna chamando por alguma coisa durante a noite, o ovo que ela não comeu, o ponto de interrogação que falta nesta mesma frase. Minha memória vai pelo tempo como se ele fosse uma rua de terra seca, parando em alguma vala onde eu caio, homens dançando no telhado, depois preciso me levantar e olhar adiante, para onde eu estava indo mesmo?, era para lá, em frente, a terceira porta à direita, estou quase chegando, é aqui, bato, ninguém atende, bato mais forte, espanco a porta, ela se abre e, na verdade, eu estava do lado de dentro.

12.

Nos anos 1930, com o mal espalhado pelos azulejos, pelas frestas das paredes, dentro das panelas, no vizinho, no carteiro, no telefone, já não percebíamos o nome "mal", mas precisávamos lidar a cada minuto com suas consequências práticas, pensando numa nova forma de escapar de uma emboscada ou de um informante. Era a nossa vida e comer era mais importante do que alguma causa. Talvez por isso eu sempre tenha tido mais interesse em entender não o mal, mas, ao contrário, o bem. Era tão difícil encontrar pessoas que, no meio de tudo, ainda se preocupassem em manter a dignidade ou em ajudar quem precisava — e todos precisavam — que passei a achar o bem mais complexo que o mal, como se fosse ele a exceção. O Estado tentou abolir a ideia de alma e, por incrível que pareça, conseguiu. Não sei no que ela se transformou, se num produto burguês ou numa conspiração religiosa, mas o fanatismo fez a vergonha desaparecer e agora as pessoas não tinham mais medo de serem hostis e agressivas. O tal "egoísmo racional", em que a razão justifica o isso é mais meu do que seu, tira suas mãos sujas daí e não posso ajudá-lo porque correria perigo, se tornou nosso pão diário e quem desafiava essa verdade elementar e se dispunha a ajudar os outros, parecia ser de outro planeta.

A primeira coisa que faltava a camponeses, refugiados, perseguidos políticos e poetas condenados, eram sapatos. Era só andar pelas ruas, pegar um ônibus ou trem, ficar por dois minutos numa estação ferroviária, que imediatamente se reparava em solas amarradas com cordas que machucavam a pele, furos remendados, dedos escapando. E eu, que sempre gostei de sapatos, um para cada estação, e que havia herdado da minha mãe um par de sapatos de couro e um par de galochas, também não tinha sapatos para o frio; depois da morte de Óssip, passei a sentir ainda mais frio nos pés, apavorada com o inverno e a possibilidade de ficar com os dedos molhados. Quando ele estava vivo, eu tinha forças, preocupada com sua saúde e bem-estar. Mas me tornei fraca e temia como nunca a doença e o desconforto. Cheguei a Tachkent no último ano da guerra, de carona, o inverno especialmente rigoroso e um resto de sapato, praticamente descalça. Ganhei um par de chinelos da amiga de uma amiga, os quais se desfizeram em poucos dias. Nunca fui boa caminhante, andando com as pernas tortas e pondo muito peso sobre os pés e, quando voltei com os chinelos em frangalhos, ainda tive de ouvir um sermão sobre ingratidão. Não sei o que as pessoas esperam com seus presentes; que quem os recebe em situação de penúria ainda se preocupe mais com a gratidão do que com a própria vida. Como se eu fosse responsável pelo orgulho que ela sentia por ter me ajudado.

Me contaram de um sapateiro, nos arredores da cidade, competente e não muito careiro. Os sapateiros sempre tinham serviço — uma das únicas profissões que não sofreram com a destruição da economia — e por isso cobravam o que queriam. No inverno, ninguém quer sapatos desconfortáveis. Mas eu não tinha como pagar nem por um remendo, quanto mais por sapatos novos. Havia emprestado minhas galochas para um hóspede bêbado e impertinente, ex-prisioneiro de Kolimá, que veio me procurar porque estivera com Óssip em seus últimos dias. Não pude lhe recusar hospedagem, mesmo que fosse num cantinho do meu cubículo e, como ele não tinha os dedos dos pés, cortados pelos companheiros de cela para que a perna não gangrenasse, emprestei minhas galochas, mais importantes para ele do que para mim.

Não sei como, mas eu e o sapateiro ficamos rapidamente íntimos e lhe contei coisas que não tinha contado a quase ninguém. Me identifiquei e confiei em seu ofício essencial e na conversa despretensiosa. Ele viu a condição dos meus sapatos, disse que eu não iria passar o inverno daquela forma e que daria um jeito no meu caso, que eu não me preocupasse. Fiquei preocupada mesmo assim, porque não combinamos preço nenhum e eu não teria como pagar.

Ele tocou a campainha, segurando um par de botas novas, um mosaico feito com restos de diversos sapatos, comprados na semana anterior, quando o encontrei na rua, ele indo para o mercado das pulgas e eu para a casa de uma amiga. Ele me apontava as várias cores, viu o vermelho na área dos dedos?, orgulhoso das combinações e mais ainda das solas duplas. Só cobrou pelo material e parecia quase mais feliz do que eu em dá-las de presente para mim e para meu inverno.

Por que ele fez isso, eu não sei e, na verdade, faço questão de não saber. Saber estragaria tudo, a forma como aquele gesto dura na memória, intocado por qualquer lógica, uma surpresa que não cessa de ser surpresa, mesmo já tendo se passado mais de vinte e cinco anos. Sempre que relembro a campainha e a visão dele segurando as botas é como se estivesse vivendo aquilo pela primeira vez. E também não gosto de chamar de "bem" o que aconteceu, porque é como se a palavra diminuísse a verdade pequena daquele presente e a alegria nada exuberante com que nos entreolhamos e firmamos, naquele dia, um pacto de não sei o quê mas que era bom.

N. N. era uma menina, devia ter entre dezenove e vinte anos. Dançou com alguém e disse alguma coisa que não devia, não lembra o quê, mas tem certeza de que aquele parceiro a denunciou à Lubianka, para um daqueles "interrogatórios simplificados". Chamada, ela precisava entregar cinco nomes, apesar de sua pena já estar estabelecida: oito anos de trabalhos forçados, simplesmente por ter sido denunciada. Sem justificativa. Se entregasse os cinco, iria para um campo mais próximo e mais leve, de onde voltaria viva e ainda jovem. No primeiro interrogatório ela não disse nada. Levou apenas alguns tabefes e ficou numa cela solitária por três dias. Mas eles conhecem o comportamento dos interrogados e já sabiam que ela não cederia; era daquelas cujo orgulho é maior que o medo da dor. E o pior de tudo é que nem ativista ela era; sem participação política, não tinha nem nomes para delatar. Ela chegou a pensar em vários colegas, mas para cada um havia um impedimento. Um era casado e tinha filhos, o outro estava doente e outro precisava entregar um livro para a editora publicar. Ela ainda era moça, oito anos não era tanto tempo assim e o que não tem remédio remediado está. Não diria nada. Mas não se pode desafiar a Lubianka, concordando tão facilmente com sua lógica perversa. É preciso justificar o sadismo e fazer-se de vítima, implorar perdão, renegar as denúncias, chorar. N. N. não fez nada disso e deve tê-los irritado ainda mais. Jovem petulante e além de tudo bonita.

O policial do Azerbaijão era uma lenda em Moscou. Todos temiam pronunciar seu nome, falar de sua aparência, de seus braços e peito peludos, de seus métodos pouco ortodoxos até para a Lubianka. Ele extrapolava as ordens superiores e se esmerava nas técnicas de tortura; diziam que ninguém ficava calado diante dele, enumerando até parentes e pessoas inocentes, tudo para não se submeter aos seus "cuidados".

É claro que o tinham chamado para interrogar N. N., mesmo seu caso sendo tão irrelevante. É que talvez a própria irrelevância aparentasse algo mais secreto, como se ela disfarçasse que, por trás da calma e altivez, haveria algum nome muito precioso. Quase como se ela fosse uma espiã.

No corredor, esperando para ser "atendida" pelo azerbaijano peludo, ela teve que escutar uma conversa telefônica em que ele combinava uma ida ao cinema e um jantar provavelmente com uma namoradinha, não parecia ser sua mulher. Demorava-se com palavras carinhosas, ria alto, hesitava entre levar e não levar outro convidado, falava da roupa que vestiria, marcava horário e lugar do encontro. N. N. me contou o que pensou naqueles momentos. Ninguém deixa de ter uma vida — nem as vítimas num campo de trabalhos forçados, nem os algozes enquanto torturam. O torturador pode estar pensando em seu cachorro que precisa de um banho, enquanto pede que apertem mais a cinta do torturado, que enfiem seu rosto na água mais uma vez. E o prisioneiro, para desespero da polícia, pode continuar tendo pensamentos nostálgicos mesmo enquanto passa frio e fome e existem formas de aprender a contornar a dor, lembrando de canções e poemas familiares. Para os primeiros, as coisas se tornam banais e habituais e mais um caso de tortura não é suficiente para eles deixarem de pensar no cinema ou no jantar. E, para os últimos, é o contrário. Nada mais é banal e não há como habituar-se, então conseguir pensar num cigarro ou numa xícara de chá quente se transforma numa dádiva secreta.

Ele também queria cinco nomes. Como todos de sua laia, começou tratando-a bem, ofereceu a cadeira e um café. Conversou sobre a família, o trabalho e comentou sua pouca idade, tudo para dizer que ela deveria valorizar o que tinha e não se arriscar tanto só por causa de cinco pessoas que, ele garantia, nem sofreriam. Apenas seriam chamadas e interrogadas. Dependendo da denúncia e dos nomes que dissessem, voltariam logo para casa. Que ela pensasse por duas horas. Se não dissesse os nomes depois disso, ele a mandaria para Lefórtovo, um lugar bem pior que a Lubianka, de onde ela iria para algum dos mais terríveis campos da Rússia e dali certamente não voltaria para contar a história. Ela conta que durante aquelas duas horas chegou a cogitar novamente em listar os tais cinco nomes, mas acabou concluindo que era melhor que ela mesma fosse para Lefórtovo. Foi racional e simples: não diria nome nenhum, porque não sabia de nada, não havia feito nada e aceitaria o que o destino lhe reservara. Cada um com sua parte. Comunicou a decisão ao azerbaijano peludo, com um temor destemido. Estranhamente, ele se calou e a enviou novamente para a solitária, onde ela esperou por vários dias o chamado para ser transferida para Lefórtovo, o que nunca ocorreu. Da Lubianka, ela foi para um campo, onde ficou os oito anos, foi solta e voltou para a cidade. Nunca soube por que não fora para a prisão pior, para o interrogatório pior, para a tortura e para o outro campo. Ele pode ter se admirado da sua coragem ou pode ter tido um acesso extraordinário de piedade, coisas de que ela duvidava. O que provavelmente aconteceu foi que ele estava apressado demais para ir ao cinema com a namorada e se esqueceu de assinar a ordem de transferência, já que o caso dela era pouco importante. Os policiais tinham que cumprir uma meta de entregar cinco nomes para cada preso capturado, mas, talvez daquela vez, um policial de patente mais alta como ele e já acostumado a fazer somente o que queria, achou que não seria tão importante cumprir a regra. Ou não foi nada disso, não há como saber.

Quando caminhamos juntas, eu já velha e ela ainda jovem, eu já desencantada, é ela que me encoraja. Ainda grito à noite, tenho medo do barulho de elevadores e de carros lá embaixo, não confio nas pessoas que batem à minha porta querendo conversar sobre Óssip e poesia, acho que a qualquer momento vão me tirar meu banheiro e meu apartamento, desconfio dos olhares na venda, quando saio para comprar cigarros, acho que tudo vai voltar a ser como antes. Mas N. N. me desarma, porque sua coragem não tem nada de grandioso; é quase como se não fosse coragem, mas simplesmente vontade de viver uma vida boa. Coragem, na verdade, deve ser somente isso: um entusiasmo pelo que ainda vem. Quando perguntaram a ela se não tinha vontade de escrever um livro sobre sua história e ela disse que não, não entenderam. Disse que não tinha tempo, porque tinha muita coisa para viver.

Não sei se N. N. foi boa, assim como não posso dizer isso sobre o sapateiro. Assim como com a coragem, ser bom não é decidir fazer coisas boas, apesar do mal que está em tudo. É viver e querer que os outros vivam.

Onde está atado e pregado o lamento?
Onde está Prometeu — do penhasco apoio e sustento?
E o milhafre, onde? — e o ataque de olho amarelo
Das garras que voam franzindo o cenho?

Não acontecerá — não voltarão as tragédias,
Mas este lábio agressor —
Mas este lábio vai direto à essência
De Ésquilo-carregador, de Sófocles-lenhador.

Ele é eco e saudação, é marco — não, é arado...
Teatro aéreo-pétreo dos tempos que crescem
Ficou de pé e todos a todos querem olhar —
Nascidos, mortais e os que a morte não conhecem.

19 de janeiro-4 de fevereiro de 1937

13.

Eles estarão perto de uma lareira, num mês de inverno, lendo: "Não compare: o vivente é incomparável./ Com que suave susto/ Aquiesci à simetria das planícies,/ E a abóbada celeste me fazia mal.// Voltei-me para o ar servo/ Esperava dele condução ou serviço/ Preparei-me para navegar, e navegava no arco/ Das viagens que não têm início.// Onde houver mais céu — lá vou vaguear,/ E uma luminosa angústia não me abandona/ Dos ainda jovens montes de Vorónej/ Às universais, claras colinas da Toscana", e se der sorte, se forem um casal atento, vão procurar qual a data do poema em alguma enciclopédia — haverá enciclopédias então, nessa casa distante das cidades grandes, onde o casal vai passar as férias próximo à montanha, quando terá sobrado tão pouca natureza? Verão que o poema é de 1937, terão lido desatentamente, no meio dos versos, o nome Vorónej, mas não saberão que ele foi criado justamente lá. E não saberão a relação entre Vorónej e 1937, mas sorrirão curiosos pela data, tão distante no passado, o que será que as pessoas faziam em 1937?, como se comunicavam?, era o rádio, o telégrafo, eles terão ouvido dizer, havia aviões grandes, enormes, e a viagem demorava algumas horas, imagine, ele dirá para ela sorrindo nostalgicamente por um tempo que eles não terão vivido mas que imaginarão como uma época talvez melhor, será?, mas não, havia aquele ditador, e outros antes dele, e tinha havido uma revolução, imagine só, ela dirá, aqui na Rússia, uma revolução, e eles voltarão os olhos novamente para o poema, apenas mais uns minutinhos, enquanto ela já estará se levantando para pegar outro café — ainda se tomará chá? claro que sim, é claro —, mas ele a puxará pela perna e dirá, não, veja isso, veja aqui, "Com que suave susto/ Aquiesci à simetria das planícies", não é bonito isso?, esse adjetivo e esse substantivo, "suave susto", que coisa mais inusitada, como esse Mandelstam terá inventado isso?, é por isso que até hoje ele é considerado um grande poeta, quantos grandes escritores, Masha, ele dirá, suave susto, eu sinto isso às vezes também, mas ela já terá se desprendido da mão dele e já estará na cozinha, uma cozinha aberta junto da sala — haverá salas e cozinhas? —, pegando mais um café da máquina de café novinha — não, eles não se preocuparão em possuir coisas novas; terão dinheiro e possibilidades, mas gostarão de coisas velhas que ainda estiverem funcionando —, e não saberá dizer se já sentiu um suave susto alguma vez, mas lembrará que sim, de repente entenderá a expressão e concordará, é verdade, eu sinto também esse tipo de coisa quando penso no passado, num passado como esse, 1937, é uma mistura de saudade com medo, ouvimos falar coisas terríveis, mas era um tempo de mais lentidão talvez, acho que já ouvi o nome desse Mandelstam e da mulher, Nadejda, veja lá se isso é nome de gente, parece que ela memorizou todos os poemas dele, acredita?, que loucura, isso sim era amor, não é como hoje, quando ninguém mais sente nada por ninguém, imagine, meu amor, ele dirá, e nós aqui, somos o quê?, e ela dirá que sim, claro, mas não é a mesma coisa.

Eles pensarão despretensiosamente no passado, deles e da Rússia, de aulas de história e de literatura, nas quais se falou de poetas do século xx, de Stálin e de uma remota revolução; misturarão séculos, livros e lembranças, confundindo uma cidade pequena que terão visitado com os pais na infância, um pequeno acidente com um balanço e um poema de algum autor chamado, como era mesmo o nome?, Khlébnikov, que falava de cores, mas vamos ler mais poemas desse tal de Mandelstam, vamos ver se ele nos surpreende com outras imagens assim, eles dirão. Estarão vivendo num século de paz perfeita, em que as cidades russas serão todas idênticas e estarão irmanadas por governos independentes mas intercomunicantes, com sistemas cruzados e benéficos de energia, gás e água, ondas cruzando o planeta pelo ar para obter comunicação instantânea com qualquer pessoa, em qualquer lugar e em qualquer tempo, os transportes pesados serão obsoletos e tudo será leve e simples, leve como a lembrança esfumaçada de um poema, como a identificação fugaz de uma metáfora, como a vida agradável que Masha e Anton levarão. Rússia será não mais que um nome no mapa dos nomes de antigos países, agora todos conectados por empresas e máquinas, sem necessidade de governos, ideias, ideologias e pensamento. "Intelectual" será um termo como "suave susto", porque todos gostarão de ler e terão tempo para discutir, ninguém trabalhará e já não haverá dinheiro, serão todos funcionários tácitos, trabalhando somente conforme as necessidades das empresas às quais estarão vinculados. Masha será diretora tácita de uma empresa que ela não conhecerá mas cujo nome saberá de ter ouvido falar. Já terá trabalhado algumas vezes para eles, fornecendo informações preciosas sobre coisas que ela não saberá para que servem. Anton será executivo de uma empresa chamada C. e já terá feito duas ou três conexões teleguiadas para a Estônia, Dinamarca e Brasil (ele não saberá o assunto de que terá sido intermediário).

Óssip e eu seremos nomes, nossas dores serão folclore, nosso exílio, piada, os poemas, curiosidades.

Seremos mitos um dia, ou verbetes de uma enciclopédia que todos terão na memória. Pode ser mesmo que não haja diferença entre mitos e verbetes, de qualquer forma.

Masha irá até a biblioteca para pegar mais um livro de Óssip, ela terá gostado mesmo daquele poema, e lerá, abrindo-o aleatoriamente: "Qual poderoso touro de seis asas/ Às pessoas o trabalho parece,/ E, de venoso sangue inchadas,/ Rosas pré-invernais florescem…". Ela dará uma risada quase exagerada, um pouco alta demais e dirá, Anton, veja isso, esse aqui é melhor ainda que "susto suave" ou "suave susto", não sei, ele diz que o trabalho é como um touro de seis asas que mete medo nos homens, concordo totalmente, como uma pessoa há tanto tempo já sabia o que eu iria sentir agora?, touro de seis asas, essa é ótima, você não acha, Anton?, mas dessa vez Anton é que estará distraído acendendo o cachimbo, espere um minutinho, ele dirá entredentes, mas sorrindo também, já partilhando da alegria de Masha, realmente, ele estará pensando, como eu não tinha descoberto antes, sempre digo que não se fazem mais poetas, nem muitas outras coisas, como antigamente, a manteiga, por exemplo, veja isso aqui, ele dirá já com o cachimbo aceso e agora abrindo a geladeira, esse pozinho fino e insosso, lembro da manteiga na casa dos meus pais, um creme fino e amarelo, creme fino e amarelo?, nunca vi isso, Anton, você está inventando, parece o tal touro de seis asas, ela dirá e Anton também dará uma risada um pouco alta, muito mais para agradá-la do que por realmente achar graça.

14.

Pão e água e só. Kvass é só isso. Deixa-se fermentando por alguns dias e a bebida fica pronta, para ser usada na murtsovka, na tiuria e em outros pratos. A tiuria é o próprio pão mergulhado no kvass, que é também feito de pão. Os pobres são os inventores desses pratos que extraem leite de pedra, combinando o possível com o impossível, o igual com o igual para tentar criar o diferente. O mesmo pão também era feito com os ingredientes mais absurdos, como farinha com serragem, farinha com restos de algum arroz, e com um único ovo dava para fazer pão para toda uma família. Repetiam-se os ingredientes, mas eles passavam por processos verdadeiramente alquímicos, como fermentação, enterramento sob pedras e folhas, exposição ao calor e ao frio, para tentar, com isso, produzir comidas variadas e com mais valor nutritivo. O rabanete, em Strúnino, onde morei por alguns meses, era "a banha de Stálin", a banha a que tínhamos direito. Na verdade, nem posso usar o plural aqui, porque eu não cultivava nada, não possuía nada e, por isso, nem posso dizer que tivesse direito a essa *banha*. Mas a família que me hospedou sempre conseguia rabanetes e dividia comigo o pouco daquela barriga dura do chefe de Estado — ao menos uma parte daquele louco nós podíamos comer.

A murtsovka era mais sofisticada: ovos e cebola, misturados com kvass. O kvass cabia em tudo, dava textura e sabor; era o nosso leitinho. Tanto os ovos como a cebola eram muito difíceis de encontrar e a murtsovka era ainda mais gostosa por causa disso. Meus anfitriões tinham também uma vaca — a vaca que, por muito tempo, eu achei que poderia ser a solução para mim e Óssip mas que nós acabamos não comprando — e ainda me davam um copo de leite de verdade todos os dias, com pena da minha fraqueza. A única maneira como eu podia retribuir esses favores era colhendo amoras no mato, onde eu passava a maior parte dos dias, já que não conseguia trabalho e não sabia fazer nada, nada além de sussurrar, trabalho errado e insano. Era a sua sobremesa e eles ainda se sentiam gratos por isso.

Nunca tive nenhuma dificuldade com as pessoas simples que encontrava por toda parte, nunca escondi delas que era judia e não sofri, da parte delas, nenhum tipo de antissemitismo. Eram sempre as primeiras a me ajudar, mesmo que fosse arriscado, porque nem sabiam exatamente dos riscos e se sentiam quase na mesma condição que eu. Dar alguma coisa para mim, me fornecer alguma indicação, um canto em sua casa por uma noite, um cobertor esfarrapado, as coisas que essas pessoas faziam por mim eram impensadas, gentilezas instantâneas.

Logo depois de Óssip ser preso, pensei em voltar para Moscou, porque assim ficaria mais perto da prisão em que ele estava — enquanto esperava que o levassem para o campo — e poderia tentar obter notícias e, quem sabe, lhe mandar pacotes com comida e agasalho. Mas ainda no trem — e era impressionante como em qualquer lugar as pessoas descobriam minha condição de stopianitsa, sempre obrigada a me manter a pelo menos cem quilômetros de qualquer grande cidade — me aconselharam a parar em Strúnino e, de lá, ir diariamente a Moscou, em vez de me arriscar numa cidade onde certamente não encontraria lugar para ficar e poderia ser pega por qualquer motivo. Uma senhora me deu o endereço de uma família que me acolheria, já que a mãe deles também tinha sido presa. Não questionei nada e desci na estação, indo direto para o endereço marcado, onde imediatamente me receberam quase sem fazer perguntas, me indicando um canto num estábulo. Fiquei morando lá por alguns meses.

Durante o inverno, o estábulo gelado, eles conseguiram ainda me enfiar dentro de casa, todos comprimidos para que eu também coubesse, um aquecimento melhor que qualquer um, de pessoas perto de pessoas. Uma gentileza sem alarde, com a lógica da troca necessária. Somos todos miseráveis, participamos juntos da miséria do mundo e vamos juntos dividir nossa miséria. Venha, eu fui.

Na fábrica têxtil, onde uma das filhas trabalhava, estavam precisando de costureira, coisa que eu nunca imaginei que pudesse ser, mas ela me incentivou, me ensinou rápido a manusear a máquina, o caseador, a agulha, a linha e eu, que nunca fui burra, aprendi com agilidade. Aceitei o turno da noite, que poucos queriam, para ganhar um pouco mais e para que, durante o dia, eu pudesse ir a Moscou tentar entregar algum pacote na prisão. Não eram poucos os colegas que me ajudavam quando eu não sabia alguma coisa, quando eu parecia adormecer ou quando esquecia o lanche. Não sei por quê, mas em Strúnino a identificação com os stopianitsa como eu era geral. Muito diferente do que acontecia em outras cidades, nas quais podia até existir alguma empatia, mas não tão clara como lá, onde as pessoas não tinham medo de mostrar como queriam colaborar comigo.

Foi durante aquelas noites de costura que decidi começar a sussurrar mais sistematicamente os poemas de Óssip, um pouco para me manter acordada e, lentamente, essa decisão foi me despertando para a necessidade de memorizar todos eles, o que, por sua vez, passou a adquirir o sentido da continuidade da minha vida desde então. Costurar e sussurrar como atividades contíguas, uma mecânica do tempo e do corpo, em que as mãos e a boca se reuniam para desempenhar o que seria a minha vida — trabalhar e murmurar. O som discreto das duas coisas, o *tlec-tlec* surdo da máquina, os pontos se repetindo, o barulho idêntico das outras máquinas a meu lado, a hora do banheiro, do café, os ponteiros do grande relógio e as sílabas martelando juntas, tu-a-pu-pi-la-de-cas-ca-ce-les-te, a facilidade de memorização pelas sílabas, a forma como um verso ia puxando outro, os métodos que fui encontrando todas as noites para lembrar melhor e mais rápido, os poemas se amontoando, querendo todos vir primeiro, a memória se aperfeiçoando, o ritmo da máquina e dos poemas se combinando e formando uma melodia dura e seca, tudo isso foi como uma irrupção de força brava, que partia de mim e que passou a me alimentar.

Alguns operários chegavam a repetir e decorar poemas comigo, outras mulheres também começaram a cantar ou sussurrar outras coisas, histórias, lembranças e, na hora do café, ríamos de nós mesmas, naquela comunhão imprevista e, vista daqui, agora, até revoltosa contra o silêncio que os vitoriosos queriam de nós. Às vezes o sussurro pode ser mais alto que o grito, uma arma às avessas que não muda nada mas faz que nos sintamos um pouco mais fortes, o que não é tão pouco assim.

E não é que eu sabia tudo? De onde, como era possível conhecer de trás para a frente todos os poemas, mais de trezentos, que Óssip tinha criado? Eu presenciei a invenção de quase todos, acompanhava todos desde o nascimento, na boca dele, nos movimentos que ele fazia pelas ruas e pelo quarto, eu os copiei a todos, porque Óssip não os escrevia e só aceitava que *eu* os copiasse, porque só eu entendia seu ditado, só eu sabia escrevê-los do jeito que ele entenderia depois, era só na minha letra que ele aceitava lê-los escritos. Ele exigia mais velocidade, ficava bravo com meus erros e distrações, mas depois ficava feliz como um passarinho que achou uma fruta inteira só para si, dançando e me abraçando pela casa, dando voltas de alegria por mais um poema completo. Eu não imaginava, não fazia ideia de saber tantos, todos, de cor. Uma palavra ia puxando a outra, uma sílaba se grudava na seguinte, e as rimas e métricas iam se reunindo como se estivessem todas numa fila de ração à espera de serem chamadas: "Nas mortas pestanas Isaac gelou/ E ruas azuis fidalgas —/ Pelo de urso, morte do tocador de realejo,/ E na lareira alheias achas…". Enquanto eu falava os versos, ia lembrando de 1935, logo depois da declaração do nosso exílio, nós já distantes de Moscou, Óssip já certo de que morreria em breve e, então, eu entendia melhor o que esses versos diziam. Não era somente o som que me guiava, mas também a compreensão de sentidos que, se na hora me escapavam, agora me soavam transparentes como uma lâmina de vidro. Como era certo que "alheias achas" queimassem na nossa lareira, nós que não tínhamos direito nem a nossas próprias cinzas, nem a morrer; ele já sabia de tudo, como se tivesse ditado todos aqueles poemas com a certeza de que eu precisaria memorizá-los depois. Não uma certeza consciente, mas uma intuição que vinha dos próprios poemas, eles lhe dizendo que também os entregasse ao ar, da mesma forma como tinham chegado até ele, para que o ar os contivesse e, quem sabe um dia, também os repassasse a alguém: eu. Era do ar que eu os recolhia, do vento que chegava até meus ouvidos em forma de sons. Fui, durante grande parte da vida, companheira seguidora de poemas que, se não eram meus, passavam a ser por usufruto; eu, um baú.

Nunca me iludi sobre o que fui e sou e optei por sê-lo sem arrependimento. Acho que, em muitos sentidos, eu era mais esclarecida e inteligente que Óssip. Ele devia a mim, em grande parte, o fato de manter-se vivo e ativo. Eu conhecia e, muitas vezes, engolia esse lugar secundário que ele me reservou na vida, porque, porque, é difícil dizer. Por causa dos poemas, do sexo, da alegria dele, muito maior e transparente que a minha, circunspecta. Ele precisava de alguém que o protegesse de si mesmo e eu, acho que eu precisava de alguém que precisasse da minha proteção. Até da minha chatice.

Eu não podia escrever os poemas, ninguém podia, correndo risco de prisão e até de morte e, quando me dei conta, minha memória funcionava como o papel, porque era tão fácil chegar até ela todas as noites, lembrar onde eu tinha parado e até perguntar para Anna ou Nadja qual deles eu tinha repassado na noite anterior. Nós éramos um fichário com pastas de cores diferentes, marcando livros, alfabetos, sílabas e sons: começando com "ta", com "ma", na cor verde, ano 1933, em Petersburgo, na cozinha e lá vinha o poema correndo, circulando pelas galerias até chegar na boca e sair: sou eu.

Aquele trabalho insano, as horas sem dormir, na verdade dias inteiros, só cochilando nos trens, os erros na costura e o medo de um fiscal me demitir, de algum colega me denunciar, a pouca comida, só o kvass de manhã e à noite, uma sopa de repolho, a dificuldade de comer ou de aceitar qualquer conforto pensando no que Óssip estava passando, se estava vivo ou morto, se tinha sido torturado ou não, não sei como pude aguentar. Na realidade, não existia outra opção. Era aquilo ou se entregar à morte, o que eu não podia fazer porque não sabia se ele estava vivo, se voltaria e porque havia os poemas, minha vida.

Era fatal. No meio de uma noite, a polícia veio me chamar. Foram gentis. Pediram-me que parasse a costura e os acompanhasse ao escritório da fábrica, que logo eu poderia voltar ao trabalho, eram só umas perguntas. Eu já sabia o que queria dizer "só umas perguntas" e os outros também; não havia possibilidade de que aquilo fosse somente aquilo. Nenhuma.

Fui largando a máquina devagar, arrumando minhas coisas devagar, de forma que todos ao meu redor pudessem se dar conta do que estava acontecendo. Não sabia o que esperar, nem dos guardas nem de ninguém, mas sabia que ninguém poderia me socorrer nem gritar. Fomos atravessando os salões compridos, cheios de máquinas e pessoas trabalhando cansadas e sonolentas, até chegar ao escritório, que ficava num andar superior e, não sei se para minha surpresa ou não, todos, quase sem nenhuma exceção, pararam de trabalhar. Chegaram mesmo a desligar os equipamentos; e não era curiosidade apenas, para nos observar passando, uma cena inusitada. Era respeito e posso dizer que também uma forma de protesto. Uma a uma as máquinas foram parando, o barulho se interrompendo gradualmente, até formar um silêncio abrasivo, que ressoa até hoje como uma das coisas que me deram razão para continuar por aqui. Aquela fábrica parada, vista de cima, os guardas sem poderem fazer nada, a diretoria não estava lá, o fiscal pasmo, sem agir por medo dos guardas, todos com as mãos postas sobre as mesas, mesmo que fosse para logo em seguida recomeçar.

Por que eu estava lá se tinha ensino superior, se era moradora de Moscou, por que me humilhava naquele trabalho menor, onde estava morando, quem estava me ajudando. Respondi a tudo com calma e certeza. Por algum mistério, talvez as máquinas paradas, eles me deixaram voltar para casa, que voltasse naquele momento mesmo e eles retornariam na noite seguinte para conversar um pouco mais.

Eu precisava partir naquela noite, foi o que todos disseram. Alguns funcionários da fábrica deram um jeito de ir até minha casa e confirmar: que eu não esperasse nem o dia amanhecer e tomasse o primeiro trem para Moscou, para qualquer lugar onde pudesse me esconder. A conversa da noite seguinte seria para nunca mais.

Da mesma forma que os passageiros no ônibus, todos juntos falando alto: somos duros como o diabo, o silêncio daquelas máquinas e dos trabalhadores da fábrica, depois de mais de trinta anos, tamborila nos meus pulsos enquanto escrevo. Somos feitos do pó e do vento que as pessoas projetam para o ar, seus gestos de generosidade irrefletida penetrando nossas narinas, fazendo a viagem por dentro do corpo, chegando nas vísceras e percorrendo tudo até se fixar como uma memória de amor, de que sou amada, de que aquele silêncio, sem que eu soubesse — e justamente porque eu não sabia —, me manteve viva.

Ainda não morreste, ainda não estás só,
Enquanto com a amiga-mendiga
Deliciares-te com a grandeza da planície
E com a névoa, e o frio, e a nevasca.

Na pobreza esplêndida, na poderosa miséria,
Viva calmo e consolado.
Benditas aquelas noites e dias,
E o melodioso trabalho sem pecado.

Infeliz aquele, como a sombra de si,
O latido assusta e o vento entorta,
E pobre daquele, mais morto que vivo,
Que à sombra pede esmola.

15-16 de janeiro de 1937

15.

Sou sim tua companheirinha mendiga, Óssip, pedindo calor ao frio, água ao fogo e pão às pedras. Peço à voz que não me falhe, peço a ela que aceda à memória e a faça lembrar dos sons que compõem as sílabas, que compõem as palavras e os versos que vão se seguindo uns aos outros, como bêbados numa fila para pegar o trem. Eu mesma entro nesse trem e sento com eles, fico ouvindo suas conversas sobre a neve e a última tempestade, sobre os cães e os cavalos. Estendo a mão e eles vão me cedendo esmolas, rabos de conversa, restos de versos que se aglutinam, até finalmente se converterem em frases dos teus poemas, que vou soprando todos os dias. Não posso escrevê-los, sob pena de ser mais uma vez exilada e talvez presa; nem eu nem ninguém pode possuir nenhum papel com poemas teus. Todos têm medo, mesmo os amigos e admiradores mais leais, mesmo eu. O medo é uma coisa estranha e até um pouco engraçada, quando se aprende a viver com ele por anos a fio, levando-o para o travesseiro, para o ovo, para o cigarro. Ele se fixa, vira um amigo e, de vez em quando, se transforma no seu oposto — a coragem. Não acho que conseguiria continuar sussurrando e confiando na memória, se não tivesse tanto medo; como se ele me impulsionasse para a frente, para eu ganhar uma força que não sabia ter, que na verdade nem tenho mas que toma conta de mim e me faz trabalhar.

Você mesmo sentia muito medo, lembra? Tanto que quase morreu, num delírio de que te perseguiam, que iriam bater à porta a qualquer momento, que iriam me destruir, nossa casa, teus poemas. Fui eu que te protegi nessas horas, quando o medo do companheiro ergue em nós um animal protetor. "Na pobreza esplêndida, poderosa miséria,/ Viva calmo e consolado./ Benditas aquelas noites e dias,/ E o melodioso trabalho sem pecado." Eu, a mendiga, era quem te tranquilizava e consolava nesses dias e noites sem pecado. Não sei nem como, porque nunca fui de ficar te acariciando ou dizendo palavras de conforto: vamos, Óssia, não fique assim, amanhã tudo será diferente, você vai ver, tudo não terá passado de um pesadelo. Nada disso, nunca diria isso a ninguém, porque sei que o mais provável é o contrário e amanhã tudo será pior. Mas talvez justamente porque não dissesse nada e porque você soubesse que eu estava lá, calada e pronta, seria eu a segurar o casaco que você esqueceu de levar.

Lembra de como gastávamos nossas economias sofridas, às vezes com coisas desnecessárias, um excesso de pão ou um pote de geleia, sardinhas e vinho caro? Não tinha lógica e era por isso que gostávamos de gastar, para escapar por uma vez de uma condenação que, mesmo vindo de fora, as pessoas acabam transformando em destino. Economizam, se resguardam, se escondem. Você sabia fazer o contrário e se expor ainda mais perigosamente, você e Anna, disparando na rua e fazendo campeonatos de qualquer coisa, quando a polícia podia estar olhando tudo e se sentindo desafiada por tanta alegria. Eu ainda tinha o pudor de te advertir, porém desistia logo, sem conseguir entrar totalmente na brincadeira, mas assistindo cúmplice vocês dois sendo crianças e fazendo lances arriscados contra um adversário mais forte. Anna está aqui, até agora junto comigo e eu com ela, e já me disse que do lado de lá, aonde ela acredita que vai chegar ainda antes do que eu, você será dela, que quando eu chegar você já vai estar acompanhado. Tudo bem, Óssia. Não me importo de dividi-la; quero saber é se você vai querer. Ela não vai atrás nem de Gumilev nem de Punin, homens por quem não me interesso nem um pouco; não vai dar para fazer uma troca. Mas aí em cima deve ser tudo misturado e os espíritos sem forma devem brincar de Proteu. Veja minha testa, Óssip, essas duas covinhas centrais, de intransigência e velhice; meu nariz com essa protuberância na ponta, como se fosse uma pequena batata, meus olhos quase fechados, minha boca só dois traços praticamente fundidos. Ainda tenho os maxilares salientes, como você gostava, mas num rosto encovado eles parecem saltados demais. O cabelo ralo, penteado para trás e preso numa trança que ainda insisto em fazer todos os dias e um xale de tricô cinza pendurado nas costas. Sorte que os espíritos não conservam o corpo, senão acho que você não iria nem olhar para a minha cara. Nadja, minha mendigazinha, o que houve com você, por que esse olhar tão fundo, minha amiga? Vou chegar como um sopro, um vento forte, *vrum*, e você vai sentir um calafrio conhecido, um cheiro de blini e vai me reconhecer: Nadja, minha mendigazinha, sente aqui comigo, você finalmente chegou.

16.

No escuro e em silêncio, um silêncio que quase se pode pegar de tão pesado mas que é silêncio mesmo assim. Nós nos beijamos de um jeito que começa simples, meu lábio contra o dele um pouco umedecido e rápido passamos para uma brincadeira furiosa de golfinhos e faxinas, a língua saltando em golpes de encontro aos dentes, varrendo a arcada de cima e a de baixo, misturando-se com risos envergonhados da minha parte, enquanto também avanço como formiga ou como uma lebre, os dois se exercitando na proeza e na leveza, parando de pouco em pouco para respirar e recomeçar agarrados, num abraço em movimento que se estende dos braços para o colo e o pescoço. Eu gosto então de beijar e morder o lóbulo da sua orelha, tão mole e infantil, mordidas miúdas e velozes, enquanto ele também dá beijos pequenos na minha nuca, nas saboneteiras, se aproximando dos seios, ainda ali, em estado de espera, logo vai chegar sua vez. Encostar as cabeças, um acordo de esquimós mais velhos, está feito o trato, senhor e senhora, vamos agora passar à aguardente, vendi minhas peles de baleia por um bom preço, encostem as cabeças mais três vezes em sinal de concordância. Raspar a barba malfeita pela minha bochecha até ela ficar vermelha como se eu tivesse me machucado, o contorno dos lábios todo enrubescido, não um sorriso grande, mas um menor, confundindo alegria com ironia, uma lembrança de safadeza improvável, só na expressão, pudicos em estado de descobrimento, todas as nossas brigas desfeitas ali, no dedo que contorna os olhos dizendo menos que uma palavra, um Nadj, *shh*, não diga nada, Óssip.

Não é o amor, ou nem o amor, mas o buraco do umbigo com o nó mais ou menos protuberante, a atenção que dedico a isso, veja como o teu é diferente do meu, apalpando no escuro, vendo o que o dedo toca, e aquele machucado no pé, a pinta no começo das costas, aquela mais saltada, os pelos crespos e os lisos. Fúria lenta, as noites são câmaras onde eu e ele entramos quietos, sussurrando, não poemas, mas pedaços de palavras, eu, hã, sim, uma vez, bravos andarilhos da testa, rugas e bochechas. O rosto do amado, onde fica? É preciso olhar novamente para ele, não o conheço mais, percorrê-lo com a mão e a boca, esses olhos, você tem os olhos escuros como duas bolas de gude, lembra, Nadjenka, as bolas de gude?, não, não lembro, como você não lembra?, teus olhos não, parecem duas pimentas, ha, ha, pimentas, esquecer toda a poesia enquanto se ama.

Sou magra, meus seios são pequenos, os mamilos não saltam como os das mulheres mais graúdas, nós comemos pouco, não tenho como engordar e não gosto muito de comer mesmo. Fumo e tusso. Ele segura os dois seios por baixo, doce, sinto suas mãos como se fossem cálices, e beija um por um aos poucos, acariciando em círculos, rabiscando um desenho, ele aproxima a boca de um deles e ela desliza continuando sua forma, boca e seio um só, eu fecho os olhos e acompanho com as pupilas, giramos juntos e os seios crescem dentro da boca de Óssip, cujas costas eu dedilho, enquanto me movimento para trás até deitar, ele continua, vai de um seio para o outro, aperta os dois entre as mãos e eles intumescem, preciso lembrar, conheço cada milímetro dessas noites tímidas e cheias de coragem, de um corpo que chama o outro como ímãs eletrificados, minha barriga contra a dele, o membro ereto que eu também sei envolver e brincar de esfregar o nariz, as sobrancelhas, escalá-lo como uma anã, ir subindo pela parede vermelha, experimentar a chegada com a língua em bico até soltá-la e ela se espalhar por tudo e nós dois sem mais nos reconhecermos, de onde você veio?, de que Sudão?, de que bromélia?, de que caverna?, o cabelo grudado no pescoço, eu dentro dele, ele dentro de mim, subindo e descendo, as pernas apertadas ou abertas, ele avança forte, ele conhece o ritmo, eu sei também, eu rio e nunca grito, eu digo estrela, ele diz onda, eu digo tartaruga, ele alça, eu madeira, ele eucalipto.

Qual poderoso touro de seis asas
Às pessoas o trabalho parece,
E, de venoso sangue inchadas,
Rosas pré-invernais florescem...

Outubro de 1930

17.

Sonhei que Nadejda era uma pedra. Quando acordei, nem sei explicar bem por quê, lembrei imediatamente da sua história no ônibus: somos duros como o diabo. Ela é dura, como o diabo, como uma pedra. No sonho, a pedra falava, num som áspero, nada diferente do que seria o som emitido por uma pedra. Mas de repente (como sempre acontece nos sonhos, quebra-cabeças em que todas as peças se encaixam) aquele som se adocicava e eu chegava a acariciar as palavras que iam saindo daquela pedra, palavras que eu via se formarem no ar e que iam ganhando textura: "rua" se transformando em pelúcia, "lápis" se transformando em veludo, "Anna" em barbante.

Durante o café pensei que era Nadejda sussurrando os poemas de Óssip. Uma pedra que murmura poemas, e eu num gesto de carícia, como se aprovasse, como se o próprio Óssip viesse de lá, para onde logo mais também eu estou indo, e me pedisse, a mim, Anna Akhmátova, mostre a Nadja que está certo, que são esses mesmos os poemas, que ela faz bem em continuar, mostre a ela que as palavras vão virando coisas, Anna, que ela pode se parecer com uma pedra, mas que está valendo a pena, veja, Anna, veja como ela faz bem, que isso lembra a forma como eu mesmo fazia.

Não, não é nada disso. Essa sou eu querendo dar um sentido exato e transcendental a um sonho que, provavelmente, diz mais sobre mim mesma do que sobre ela.

Também eu esqueci quase tudo o que escrevi, e deixei para Lídia a tarefa de decorar meus poemas. Memorizadoras sussurrantes, elas e mais tantas mulheres, espalhadas por essa Rússia que faz questão de dizer tudo em voz alta, onde todos andam gritando pelas ruas, pelos jornais e pelas repartições e, por isso, ninguém lembra de nada. As coisas que merecem ser lembradas, que precisam ser lembradas, só se guardam sussurrando. Eu mesma esqueci como se fala baixo. Parei de falar. Converso com poucas pessoas e Nadejda é uma delas. Tomamos chá e ela fuma deitada, sempre deitada. Fofocamos. Nós duas gostamos muito de fofocar; os boatos deslizam na superfície das coisas e nós flutuamos juntas, patinando e dando piruetas, sabendo mais do que gostaríamos sobre tanta gente, mas transformando esse conhecimento íntimo em risadas proibidas que só nós duas podemos dividir. Lembra de Emma, que achava que iria encontrar pessoas interessantes no teu apartamento e que parecia apaixonada por Liev? Como Óssip podia ter ciúmes por você estar tão mergulhada nas leituras de Shakespeare? Afinal, ele podia ter quantas amantes quisesse e você não podia nem se interessar por Hamlet. Rimos como loucas quando eu comento que alguém está me comparando a Púchkin, que rapazes e garotas vêm bater à minha porta jurando fidelidade eterna e se dispondo a trabalhar para mim sem nenhuma retribuição, só pelo prazer de ficar a meu lado, e nenhuma de nós entende muito bem o que está se passando em torno do meu nome. Nadja ri e critica, mas acho que ela gosta dessa adoração por mim, das juras de amor, dos elogios à minha beleza, as pessoas me pintando e até fazendo esculturas com meu perfil. Vá, Anna, aceite, precisamos disso, Óssip iria gostar, faça isso por ele e por você mesma, é claro, um pouco de agrado é bom depois de tudo o que passamos, depois de tudo o que você passou, mas não deixe de me dar um quadro desses quando você morrer e for lá para junto de Óssip, porque vou precisar de dinheiro e qualquer coisa tua vai valer uma fortuna. Eu te dou meu lugar lá no céu e você me deixa um quadro. Era o acordo que eu tinha feito com ela, mas tenho certeza que, chegando lá nas nuvens, ela vai querer desfazer o combinado e o próprio Óssip não vai pensar duas vezes em voltar para a sua mendigazinha. Não tem importância, nós duas podemos nos revezar ao lado dele.

Nadja não é exatamente generosa. Nem carinhosa. É dura como a pedra do sonho e muitas vezes sarcástica. Eu me irrito com ela e sei que ela também se irrita comigo. Acha que sou narcisista, que só falo de mim mesma, que penso que todos os homens estão apaixonados por mim. É engraçado, porque eu também acho que ela é narcisista, no seu jeito de dizer que só pensa em Óssip, que só vive por ele e pelos poemas que ela sabe de cor. Essa vida dedicada exclusivamente a outra pessoa também é, a seu modo, egoísta, afinal, só ela tem esse direito, só ela se sacrifica tanto, abrindo mão até da morte, em nome de uma coisa sem valor nenhum, poemas, que nem se sabe se um dia serão mesmo publicados. Sempre achei que poucas coisas são mais vaidosas que o sacrifício e é por isso que, mesmo tendo levado uma vida ainda mais sofrida que a dela, não cultivo essa imagem dramática e aceito que me adorem. Talvez nisso eu seja mais verdadeira do que ela, que disfarça a vaidade sendo excessivamente generosa com Óssip.

Nós duas nos cansamos uma da outra, mas esse cansaço é parte do nosso amor, assim como de todos os amores. É ele também que nos aproxima e não me importo que ela diga tantas bobagens. Sinto que vai continuar viva por mais tempo, que vai sobreviver a mim e que, queira Deus, os poemas de Óssip ainda serão publicados e então ela poderá silenciar, numa mudez merecida. Quem sabe escreva, leia seus livros preferidos em inglês, pare de lecionar, quem sabe Óssip se torne o poeta oficial da Rússia e as pessoas possam esquecer de mim, ou juntar meu nome ao dele, nós três, ele, eu e Gumilev, "o movimento acmeísta", quem sabe escrevam livros sobre nossas vidas e sejamos conhecidos fora daqui, estudados nas universidades de todo o mundo e Nadja viaje dando palestras e seja celebrada por ter ajudado a formar nossa memória. Ela nunca vai querer viajar, com seu jeito caipira de envelhecer antes do tempo, de se dedicar só a uma coisa, sem aceitar que a Rússia, mesmo parada no tempo, também muda e que as coisas não são mais iguais ao que eram quando eles se conheceram. Ela tem uma teimosia religiosa que beira o conservadorismo; mas isso não é muito diferente de Óssip, que tinha essas mesmas opiniões sobre poesia, colocando-a num altar a que talvez só ele tivesse direito. Ele e, quem sabe, também eu.

Eu a amo. Minha amiga mendigazinha, minha brava pigarreante, minha amiga de porta de prisão, que eu perdoo antes até de ter sido ofendida.

Nas rodas de conversa, quando ele ainda era vivo, muitas vezes as pessoas esperavam até que ela se retirasse. Nadja, vá até a cozinha fazer alguma coisa. Alguns não suportavam sua presença entre submissa e altiva, até na própria submissão. Quando Óssip se apaixonou por Olga, então, chegava a ser irritante a maneira como Nadja convivia com os dois, como os recebia em casa e ouvia os dois se amarem no quarto, procurando se distrair, cantar, como cozinhava para eles e fingia dar risadas com a menina boba que Óssip agradava como se fosse filha dele, a filha que eles dois tinham decidido não ter. Eu não suportava essas cenas e dei graças a Deus quando Nadja resolveu ir embora, fez as malas e também ia morar com um suposto amante, até que Óssip chegou inesperadamente e a proibiu de escapar. Telefonou para Olga e terminou tudo em cinco minutos, de forma leviana.

Acho que o que os salvava eram as noites de amor, que Nadja me confidenciava envergonhada, rindo com o canto da boca. E, realmente, é isso que mais importa, além, é claro, de ela ainda anotar os poemas religiosamente, conforme o método caótico com que Óssip criava, demorando dias para compor um único verso.

Nadejda, Nadja, sonhei com você esta noite. Sonhei que você era uma pedra que dizia palavras que se transformavam em coisas que eu pegava e acariciava.

Nadejda, minha esperança pedregosa, nossa esperança ínfima, seja essa pedra voadora que fica parada na terra, que pesa sobre a terra como uma montanha, você montanha, você irritantemente generosa, seja essa pedra que, como nós duas, é também mulher, pedra russa, antiga e nova, pedra que vai sobreviver a mim, não tão pedra, não tão russa. Sobreviva a nós todas, Nadjenka, Nadjucha e seja a dor da risada rouca, por nós que, de tão menos pedra, só temos a força necessária para morrer.

1ª EDIÇÃO [2020] 2 reimpressões

ESTA OBRA FOI COMPOSTA EM MERIDIEN PELO ESTÚDIO O.L.M. / FLAVIO PERALTA
E IMPRESSA EM OFSETE PELA LIS GRÁFICA SOBRE PAPEL PÓLEN BOLD
DA SUZANO S.A. PARA A EDITORA SCHWARCZ EM JANEIRO DE 2022

A marca FSC® é a garantia de que a madeira utilizada na fabricação do papel deste livro provém de florestas que foram gerenciadas de maneira ambientalmente correta, socialmente justa e economicamente viável, além de outras fontes de origem controlada.